蜜愛王子と純真令嬢

Himemi Mai
舞 姫美

Honey Novel

Illustration

鳩屋ユカリ

CONTENTS

【1】

息を切らして、ひたすらに走る。散歩用のドレスはやめて身軽なワンピース姿にしていたため、一応は走れる。だが、猟犬との追いかけっこなど、経験したことがない！

（追いつかれるのは、時間の問題だわ……！）

幼い頃はおてんばで、屋敷中を走り回ったり、庭の大木を登って遊んだりした。男の子顔負けで、時折両親を慌てさせることもあったらしい。けれど年頃になってもそれではいけないと、シンシアなりに努力した。

（でもでも！　今はちょっと後悔してるわ！　犬なんて、振り切れない……!!）

獲物を狙う吠え声は、まだシンシアに追いついていない。だが、距離は確実に縮まっている。

追いつかれるのは、時間の問題だ。

（いったいどうしてこんなことになったの!?）

姉のような存在であるいとこのコーデリアと、天気がいいから散歩を兼ねたピクニックに出掛けただけだ。なのに、猟犬に追いかけられることになるとは！

別々に逃げたコーデリアの方に、猟犬が向かわなければいいのだけれど。

「……あ……っ!!」

急に足元から、急激な浮遊感に包まれた。視線を落とせば、あるはずの地面が——ない。

悲鳴を上げることもできず、シンシアは落ちた。

「……っ!!」

受け身など、取れるわけもない。二メートルほどの崖を、背中から滑り落ちる。

痛みと衝撃が全身のあちこちにやってきたあと——止まった。

落下のショックで、呻《うめ》き声すら出ない。けれど耳に猟犬の吠え声は届く。こんな状態で見つかったら、襲われる。

(お願い、行って……!!)

息を潜《ひそ》め、身を縮め、ひたすらに祈る。願いが届いたのか、吠え声は遠ざかり——やがて、消えた。

目前の危機が去ったことにシンシアはほっとして、崖にもたれかかった。ひとまず周囲を見回してみる。

豊かな木々の葉が重なり合い、降り注ぐ陽光を和《やわ》らげてくれている。隙間から見える空は抜けるような晴天で、木の葉のヴェールがなければ瞳を容赦なく突き刺してくれただろう。

遠くで、小鳥の鳴き声が聞こえた。実に穏やかで絶好の散歩日和《びより》だ。

なのに今、シンシアは泥だらけになって、崖の下に座り込んでいる。

ここでじっとしていても、どうしようもない。身体《からだ》のあちこちに痛みを感じながら、シンシアはゆっくりと身を起こそうとした。

(でも……まだあの犬たちが近くにいたら……？)

それを考えると身体がかすかに震えて、一歩も動けなくなる。

一度怖いと思うと臆病になってしまうのは、自分の悪いところだ。シンシアは目を閉じて、気持ちを落ち着かせる。

(助けを呼ばないといけないんだから、しっかりしなくちゃ。……あら……？)

耳に、かさかさと草を踏み分けてくる音が聞こえた。もしや猟犬たちが戻ってきたのかと、慌てて目を開ける。

視界いっぱいに、金茶色の毛並みを持つ大型犬の顔が、飛び込んできた。

行儀よく座った犬は、シンシアの顔をべろんっ、と舐《な》めてくる。驚きで、シンシアは固まった。

「……っ!?」

犬はシンシアの顔が気に入ったのか、ぺろぺろんっとさらに舐めてきた。犬の舌の温かさに、シンシアの恐怖も落ち着いてくる。

(こ、これは……何なのかしら……)

頬《ほお》を舐められていると、今度は人の足音が近づいてきた。

「――ビット、どうした？　何か見つけたのか？」

見知らぬ青年の低い声に、別の意味で身体が震える。まさかこんなときに、誰か――しかも異性と会ってしまうなんて。

(何も音を出さなければ、通り過ぎてくれるかしら……)

限りなく低い可能性にすがり、シンシアは息を潜める。だが利口《りこう》な犬は主人に居場所を教えるためか、わふっ、と大きな声を上げてくれるのだ。

「ビット、ここか？　こんなところで何して……」

声は、真上から聞こえた。おそるおそる振り仰ぐと、一人の青年が崖の上にいてこちらを見下ろしていた。

「……これは……」

青年が、シンシアの姿を認めて言葉を失った。シンシアの方も、青年の姿を目にして茫然《ぼうぜん》としてしまう。

(まさか……)

見知った人物に思えたが、確証はない。

光を受けると色合いが強まって燃えるように見える赤毛と、切れ長の涼やかな金茶色の瞳を持つ青年だ。端整な顔立ちは穏やかなものだったが決して女性的ではなく、長身とそれに見あった鍛《きた》えられた体軀《たいく》が、異性ならば誰でも心ときめかせる要素だった。

着慣れた風合のリネンのシャツにサスペンダーで吊ったズボンという軽装だったが、手入れされた髪型や土っぽい汚れが見当たらないことから、それなりの裕福層の者だとわかる。

青年は立ち上がると、にこりと笑った。そのまま鮮《あざ》やかな身のこなしで、崖を踵《かかと》で滑り降りてくる。

シンシアの前に降り立った青年は、今度はしゃがみ込んできた。犬と並んで、青年はシンシアをじっと見つめてくる。

(な……何……?)

再び犬が、頬を舐めてきた。青年が、犬の頭を撫《な》でる。

「ビット、このレディはそんなに美味しいのかい？」

「わふわふっ」

青年はひどく真面目に犬の鳴き声を聞いたあと——神妙な表情で続けた。

「そうか。……じゃあ俺も、舐めてみようか」

「……っ!?」

とんでもないことをさらりと言って、青年が顔を近づけてくる。シンシアは真っ青になって、激しく首を振った。

その直後、足首に強い痛みが走る。シンシアは息を詰めて、そこを押さえた。

青年が、シンシアの仕草に瞳を厳しくした。

「ビット、そこをどくんだ」

わふっと返事をして、犬は主人の邪魔にならないよう、脇にどく。だがシンシアたちから離れることはなく、ちゃんと座って待っている。

（よく躾《しつ》けられているわ……）

青年はシンシアの足元に片膝をつく。

土で汚れたスカートが太腿の辺りまで捲《めく》れ上がっていることに気づき、シンシアは慌ててそれを引き下ろした。絹の長い靴下を履いていたとはいえ、あられもない格好だ。

恥ずかしさに真っ赤になってしまったシンシアだったが、青年はいやらしい目など一切向けない。ひどく心配そうに、シンシアの腫《は》れ始めている足首を見ている。

「怪我をしていたのか……気づかなくてすまなかった。痛むか？」

シンシアは小さく頷《うなず》く。青年はポケットを探ると、小さな包みを取り出した。

「じゃあ、これをあげよう。少しは痛みが紛れるかもしれない」

包みから取り出したきらめきを、青年がシンシアの唇に押し込んだ。

「……っ」

口中に、甘い苺《いちご》の味が広がる。キャンディだ。

「ビットは甘いものが好きで、散歩のときにはいつも持っている。美味《うま》いか？」

確かに美味しい。もごもごと口を動かすと、青年は少し安心したように笑った。

「じゃあ……少し、触らせてもらうな」

青年の指が、足首をそっと撫でた。それだけでも痛みが走って、シンシアはビクッと大きく身を震わせた。

涙目になって、シンシアは青年を見返す。青年はひどく神妙な顔で続けた。

「早く冷やさないと、どんどん痛みが強くなるだろう。もしかしたら……歩けなくなるかもしれない……」

青年の診断に、シンシアはさらに青ざめる。そんなことになったら、どうすればいいのだろう。

青年はシンシアに顔を近づけて、瞳を覗《のぞ》き込んできた。金茶色の瞳が、優しく微笑む。

「安心するといい。すぐに手当てをすれば大丈夫だ。俺の屋敷が近くだから、おいで」

青年の申し出はとてもありがたいが、見知らぬ男性の屋敷に突然連れて行かれるとなると、やはり警戒してしまう。……いや、どこかで会ったような気がするから、初対面ではないはずだが。

(あら？　でも待って。この辺りにあるお屋敷って……)

自分の領地のことだ。どこに何があるのかは、領主の一人娘として把握している。

この付近にある屋敷は。

(ベルレアン王族所有の別邸……!!　じゃあやっぱり、レスター殿下……!!)

自分の予想が当たっていたが、知らないふりをしてしまった。これでは不敬にあたる。

青年――レスターは、シンシアの青ざめた顔に小さく笑った。

「五年ぶりだからな……すぐに思い出せなくても仕方ない。俺も君がすごく綺麗《きれい》になってたから、すぐにはわからなかったし」

落ち着いた響きのいい低い声に、シンシアはほっとする。不快にはならなかったようだ。

（レスター・ベルレアン殿下。この国の第二王子だわ）

五年ほど前から、彼は現国王である兄を補佐するための知識を深めるべく、近隣の友好国の数々を旅しているはずだった。近日中に帰還すると父から聞いてはいたが、実際にはもう帰っていたということか。

ならばどうして王城ではなく、別邸にいるのだろう？

「これで問題はないだろう？　シンシア嬢」

シンシアは慌てて頷き、自分も挨拶《あいさつ》しようとした。だが驚いたことに、声が出てこない。

（え……!?）

シンシアは両手で喉を押さえ、ぱくぱくと口を動かす。咳払《せきばら》いもしてみるが、やはり声は出てこない。

（ど、どうして……何で……!?）

声を吐き出そうと懸命になりすぎたためか、えずいてしまう。吐いてしまいそうになり、シンシアは前のめりになった。

「シンシア嬢！」

レスターが慌てて身を支えてくれる。

「どうした!?」

ひどく心配げな顔に答えたいのに、声は変わらず出ない。シンシアはぽろぽろと涙をこぼしてしまう。

レスターが、今度は驚きも加えて大きく目を見開いた。

「シンシア！　いったいどうしたんだ!?」

呼び捨てにされたことも、気にならない必死さだ。

「……っ」

小さな喘《あえ》ぎのような声は何とか出ても、会話が成立できるだけのものは何も出てこなかった。

シンシアは愕然《がくぜん》と瞳を見開いて、レスターを見返す。

口をぱくぱくと動かして、しゃべる仕草を続ける。こちらの必死の表情を見たあと、レスターの顔色が変わった。

大きくて温かい手で、シンシアの頰に触れる。

「シンシア……？　まさか……声が出ないのか？」

わかってもらえたことに安堵《あんど》して、こくこくと何度も頷く。涙はさらに大粒になって、こぼれ続けた。

（どうして声が出ないの……？　このままずっと声が出ないなんてこと……）

「……ああ、かわいそうに……」

レスターの慰めの声が、少しだけ気持ちを楽にしてくれる。シンシアは小さくしゃくり上げながら、レスターを見返した。

直後、視界が陰る。

（え……？）

温かなぬくもりが、シンシアの目尻に触れた。

それがレスターの唇だとわかり、シンシアは反射的に身を引く。無理な動きは足首に伝わり、シンシアは顔をしかめた。

「駄目じゃないか、そんなふうに動いたら……！」

『だ、だって急にキスしてきたから……!!』

シンシアは抗議したが、声にはなっていない。レスターが軽く小首を傾げた。

シンシアはどう伝えようかとしばし迷ったあと、指先でレスターがくちづけた目元を軽く叩いた。顔が真っ赤になっていたこともあって、レスターはすぐに言いたいことを理解してくれる。

「レディが泣いていたらこうすると、泣きやむだろう？　この間読んだ恋愛小説にあった」

……何やら目眩《めまい》のようなものを覚えたのは、気のせいだろうか。シンシアは脱力してレスターの胸に倒れ込んでしまう。

「おっと……！」

レスターは痛ましげに眉根を寄せながら、シンシアの身体を横抱きに抱き上げる。こちらの重みなどまったく感じていないかのように、軽々とした仕草だった。

「大丈夫だ、シンシア嬢。きっと崖から落ちたショックによる一時的なものだろう。まずは俺の屋敷に行って、手当てをしよう」

レスターの声は小さな子供をあやすかのように、優しく柔らかい。シンシアは自然とレスターの胸に身を預けながら、何度も頷いた。

声が出ないということは、レスターが見つけてくれなければ、あそこで一人で痛みと心細さに耐えなければならなかったのだ。改めて、シンシアはレスターの飼い犬がやって来てくれたことに感謝する。

いつもと同じように礼の言葉を口にしようとしたが、当然のことながら声は出ない。ビットはこちらの気配に気づいてくれているようで、何々？　と言うように足元に従いながらシンシアを見上げている。

「何だ？　何かしたいのか？」

レスターが気づいて、問いかけてくれる。シンシアは頷き、唇をゆっくりと「ありがとう」のかたちに動かした。

レスターはシンシアの言葉を聞き逃さないように、じっとこちらを見つめている。レスターほどの容姿の整った異性にそんなふうに見つめられるのは初めてで、何だかドキドキしてきてしまう。

頬が熱くなるのがわかり慌てて顔を俯《うつむ》かせると、レスターは小さく笑った。

「なるほど、了解だ。ビット、レディはお前にありがとうと言っているよ」

わふっ！　とビットが嬉しげに鳴く。レスターは今度はシンシアに笑いかけた。

「どういたしましてと言っている」

犬の言葉を真面目に通訳するレスターが面白くて、シンシアは頬を綻《ほころ》ばせた。

「ビット、お前は先に行って、レイフォードを呼んでおいてくれ」

これまた元気よく返事をしたあと、ビットは走り出す。その速さは驚くほどで、あっという間に見えなくなってしまった。呆気《あっけ》に取られている間に、レスターはシンシアを連れて行く。

レスターに抱かれていると、歩く揺れがまるでゆりかごのような心地よさだ。安堵感が強まって、シンシアはレスターの胸にもたれながら眠ってしまいそうになる。

しばらくすると森を抜け、整えられた遊歩道に入った。少し見慣れた景色が見えて、ほっとする。同時に、当初の場所からかなり離れてしまっていることに気づいた。

ずいぶんと夢中で逃げてきてしまったらしい。

レスターは、遊歩道をさらに進んでいく。やがて、シンシアの屋敷と大差ないほどの豪華で広々とした屋敷が見えた。

「ああ、ほら、あそこだ。あと少しの我慢だ」

シンシアは小さく頷く。レスターが笑った。

「もし痛みが我慢できそうになかったら、キャンディを食べるといい。俺のポケットに入っているから、勝手に取っていいぞ」

レスターの申し出は嬉しいが、今の彼の服装でポケットがあるのはズボンだ。そこに自分から手を入れるなど、できるわけがない！

シンシアは再び真っ赤になって、首を振る。レスターはそんなシンシアの反応がひどく不思議に思えるらしい。こちらを見返す瞳は、きょとんとしている。

（い、意外に変わった方、なのかしら……？）

レスターと対話したのは、五年前に数度、パーティで会ったときくらいだ。彼については知らないことの方が多い。

門は開かれていて、そこから真っ直ぐに伸びた小道は薔薇《ばら》の生け垣に囲まれている。支柱に絡んで綺麗に整えられたそこには、手入れの行き届いたミニバラが咲いていた。きつくなりすぎない薔薇の香りが、心を優しく包んでくれる。

「いい香りだろう？」

レスターの柔らかい言葉に、シンシアは笑顔で頷く。

玄関ホールにはビットと一緒に、揃いの制服を着たメイドを両側に従えた青年が待っている。レスターよりも少し歳上のように思えるが、執事にしては若すぎた。

主人が汚れたドレスの女性を抱えて戻ってきたというのに、彼らは驚きの欠片すら表情には見せない。

青年がメイドに何やら耳打ちすると、彼女たちはスカートをつまんで腰を落とす礼をしてから、屋敷の中に戻っていった。

（あ……呆《あき》れられてしまったのかしら……）

「お帰りなさいませ、レスターさま。お客人も、いらっしゃいませ」

利き手を胸に押し当てて、青年が礼をする。貴族の令嬢として挨拶を返そうとしたが、声が出ないために何もできない。

このときばかりは青年も少し訝《いぶか》しげに鳶色《とびいろ》の瞳を曇らせたが、冷淡な態度を取るわけでもなかった。

「今、湯あみの準備をさせています」

「ああ、助かる。さすがビット。ちゃんとレイフォードを呼んでくれたな。えらいぞ！」

レスターはシンシアに笑いかけながら言った。

「シンシア嬢。俺の代わりにビットを撫でてやってくれないか」

シンシアは頷き、少し身を乗り出すようにして手を伸ばす。頭を撫でてやると、犬は嬉しそうに尻尾を振った。その様子に、青年が憮然《ぶぜん》として言う。

「レスターさま……ビットは私が出てくるまでここで吠えていただけで、他の手配は私がしているのですが」

「お前は俺の側近なんだから、すぐにそれくらいはできないとまずいだろう？　……何だ、誉めて欲しかったのか？」

「いえ、そうではなく……」

「ではレディに頭を撫でて欲しいのか？　お前、結構変な趣味だったんだな」

「いえ、ですからそうではなく……」

「だが、駄目だ。レディにも選ぶ権利はある。却下だ」

「……」

犬とずいぶん落差を感じさせる対応だが、そこにはからかいが多く含まれている。レイフォードと呼ばれた青年の方もこれがいつものやり取りなのか、大きくため息をついたものの気にした様子もない。

「……客間にどうぞ」

「そうだ、まずは手当てだ」

二人のやり取りに茫然としている間に、レスターの手によってシンシアは客間へ連れて行かれる。

ベッドの上に下ろされ、足首の治療を受けた。レイフォードが幸いにも医師資格も持っていて、実に手際よく湿布と包帯が巻かれる。

声が出なくなった喉も診《み》てくれたが、レスターと同じ判断だった。

「崖を落ちたショックによる一時的なものでしょう。異常は見られません。まずはゆっくり静養されるのが一番かと」

（すぐに治るものではないんだわ……）

今まで意識しなくてもできたことが、今はできない。それがこんなにも心にショックを与えるとは思わず、シンシアはしょんぼりしてしまう。

レスターがシンシアのすぐ傍《そば》に腰を下ろし、頭を撫でてくれた。

「大丈夫だ、シンシア嬢。きっとすぐによくなる」

レスターの気遣いが感じられて、シンシアは気持ちを切り替えた。

よくしてくれる彼らに落ち込んだ顔ばかりは見せられない。運よく助けてもらえた自分がずっと暗い表情をしていては、優しくしてくれている彼らに対しても悪い。

シンシアは礼の言葉を伝えられない代わりに、精一杯の笑顔を向ける。レスターは何か言おうとして結局やめ、シンシアの艶《つや》やかな金髪を撫でてくれた。

先ほどとは少し、撫で方が違う。愛玩物《あいがんぶつ》を撫でるものではなく、壊れものを扱うかのような、大切にする仕草だった。

掌《てのひら》の優しさが自分の気持ちを汲《く》んでくれたように思えて、嬉しい。

「あとでもしかしたら熱が出るかもしれませんから、薬を処方しておきます」

シンシアが頷くと、先ほどのメイドたちが姿を見せた。

「湯あみの支度が整いました。シンシア嬢、失礼いたします」

メイドたちの中で、一番大柄な彼女が近づいてきた。シンシアに向かって膝をつくと、くるりとこちらに背を向けてくる。

「さあ、私の背にどうぞ。バスルームまでお連れします」

(大丈夫。一人で歩け……)

心の中で答えながら、ベッドから降りようとする。だが次の瞬間にはレスターに止められて、再び横抱きに抱き上げられてしまった。

「無茶をするなと言っただろう?」

「そうですわ、シンシアさま。マリーは私たちの中で、一番の力持ちです。シンシアさまをお運びするのに問題ありませんわ」

余計な手間が彼女たちに加わってしまうことが、申し訳ない。シンシアが少し躊躇《ためら》っていると、レスターが歩き出した。

「俺が運んでいく」

「え……？」

自分たちの仕事をあっさりと奪われてしまい、メイドたちが瞳をしばたたかせた。構わずにレスターは続ける。

「ついでに湯あみの手伝いもしよう。男手はやはり必要だろうからな」

（え……で、でも……!!）

確かにそうかもしれないが、入浴を異性に手伝ってもらうわけにもいかない。だがレスターはひどく真面目で、邪《よこしま》な思いで言っているようには思えなかった。

何だか断りづらくて、シンシアは困ってしまう。そのことにまったく気づいていない主人を見かねて、レイフォードが言った。

「お待ちください、レスターさま。レディの素肌を見られるおつもりですか？」

「……あ」

冷静なレイフォードの言葉で、ようやく気づいてくれたらしい。

「そうか……君の裸を見てしまうことになるな」

（は、裸……っ‼）

レスターとは確かに知らない仲ではないが、それは社交界での形式的なものだ。自分の裸身を見せられるわけがない。

シンシアは真っ赤になって、激しく首を振った。だがすぐにずいぶんとひどい拒絶の仕草のようにも思えてしまい、肩を縮めてしまう。

せっかくあれこれと親切にしてくれているのに、申し訳ない。

「……だが、誰か他の男にさせるわけにもいかないだろう？」

（そ、それは、もっと嫌‼）

千切《ちぎ》れんばかりに激しく首を振る。レスターはしばし考え込んだあと、笑った。

「では、こうしよう。俺に、君が目隠しをするんだ。見えなければ何とか大丈夫だろう？」

シンシアは即答できずに考え込む。……今の状態では、確かに一番最良の策と思えた。

（わ、わかったわ）

頷くと、レスターはシンシアをバスルームに抱いて連れて行ってくれる。メイドたちが先行し、扉を開けてくれた。

猫脚の白い陶器のバスタブは、湯で満たされていた。レスターはメイドに椅子を用意させてそこにシンシアを座らせると、タオルを手渡す。

「さあ、どうぞ。君が俺に目隠ししてくれ。君の裸を見ることができないように」

何だか妙なことになっているような気がしないでもなかったが、とにかく今は言われるままに目隠しをする。レスターは目を閉じて、シンシアが触れるのをおとなしく待っていた。

目を閉じてそんなふうにされると、まるでくちづけを待たれているような気がする。

（……わ、私、何て恥ずかしいことを想像して……!!）

ベルレアン国の貴族令嬢としては、いつ結婚してもおかしくはない年頃のシンシアだ。そういうことに興味がないわけでもない。

（……そういえば、レスターさまとのお話も、あったんだわ……）

社交界デビューをしたときにレスターと何度か話をする機会もあって、それを見た国王と父親が口約束のようなものを交わしたとは聞いている。そのあと具体的な話にならなかったのは、レスターが勉学の旅に出てしまったからだ。

（それがベルレアン国のためになるのなら、お受けするけれど……）

レスターの方はどうなのだろうか。五年も友好国を旅してきたのだから、もしかしたら恋人もできているかもしれない。

（私っ！　何てことを気にしてるの!?）

シンシアは慌ててタオルでレスターの目を隠す。結ぶのがなかなか上手くいかなくて身を寄せると胸の膨《ふく》らみを危うく彼の顔に押しつけることになってしまいそうになり、ますます慌てた。

「……シンシア嬢、ちょっと……きつい」

（ご、ごめんなさい）

結び目を緩めてきつくならないようにしたあと、シンシアは謝罪の言葉の代わりにレスターの隠された瞳の部分を優しく撫でた。レスターが小さく笑う。

「じゃあ俺は後ろを向いているから、脱いだら教えてくれ」

シンシアの代わりにメイドたちが答え、早速汚れたドレスを脱がしてくれる。いくら見えていないとはいえ、異性がこんなに近くにいるところで裸になるのは初めてで、恥ずかしくてたまらない。

真っ赤になって身を縮めるシンシアを哀《あわ》れに思ったのか、メイドたちが優しく言った。

「ご安心くださいませ。殿下はとても紳士的な御方《おかた》です」

「殿下にすべてお任せしてくださいませ」

(そ、その言い方が恥ずかしいわ……!!)

レスターもシンシアと同じような想いを抱いたのか、少々居心地悪そうに頬を指先でかいた。

「何だかいけない想像をしそうだから、やめてくれ」

「まあ……！　想像だけにとどめてくださいませね」

「そうか……想像だけならいいか」

妙な納得をされているようで、シンシアはさらに赤くなる。メイドたちは純真なシンシアの様子に微笑んだ。

「レスターさま、お待たせしました」

準備が整ってメイドが声をかけると、レスターがこちらに向き直った。目隠しの効果は確かなようで、メイドの案内でレスターはシンシアの身体に触れる。

肩にレスターの指が触れたときには、どうしても身体が震えてしまった。

レスターは壊れものでも扱うかのようにシンシアを抱き上げ、バスタブに下ろしてくれる。温かい湯に全身を包まれると、自然とほっと息が漏れた。

「ゆっくり浸かれ。終わったら、また運んであげよう」

目隠しをしたまま、レスターはメイドの案内でバスルームを出て行く。メイドたちはシンシアの治療した足に湯がかからないように身体を洗ってくれた。

身体が温まってさっぱりすると、強張っていた心の糸も緩んで、急に眠くなってくる。再びレスターの手で運ばれてベッドに落ち着くと、シンシアはそのまま眠りについた。

レスターはそんなシンシアの髪を、優しく撫でてくれる。

「安心しておやすみ、シンシア嬢。俺がここで守っているからな」

(――守る？　何から？)

問いかける言葉も、眠りに沈んでしまった。


(――追いかけてくる)

獲物を見つけて闘争本能をむき出しにした二頭の猟犬が、追ってきていた。どうしてこんなことになったのか、シンシアは不思議でならない。

――いとこのコーデリアに散歩に誘われ、どうせならば軽いピクニックにしようと返して、バスケットの中にランチとティータイム用のお菓子を用意し、近くの森に行ったのだ。

この森は、幼い頃からのシンシアたちの遊び場だった。兄弟のいないシンシアには、コーデリアは姉代わりで楽しい遊び相手だった。

シンシアの話し相手として、互いに年頃になった今も、仲良くしてもらっている。昨日は天気もよく、木漏《こも》れ日《び》が気持ちよくて、歩きながらの会話も弾んだ。近くに狩り場があったが、今日はそこを誰も使用していないことを確認してから散歩をしていた。

年頃ということもあって、コーデリアからの話題は結婚相手はどんな者がいいかということが多かった。何とも言えない気持ちで、シンシアは曖昧《あいまい》に笑うしかない。

……コーデリアの父親が先日投資した事業があまり芳《かんば》しくない噂《うわさ》は、シンシアも知っている。

「やっぱり、財産のある方じゃないと！」

だからコーデリアが財力を重要に思うのも、仕方ないのかもしれない。

（でも、私だったら……）

「そうね……生活に安心感は欲しいとは思うかもしれないけど……そういうことだけじゃなくても、コーデリアが幸せになれるお相手ならいいと思うわ」

シンシアの言葉に、コーデリアは少し複雑な笑顔を向けた。何か不快なことを口にしてしまったのかと尋《たず》ねようとしたとき、シンシアの耳に猟犬の吠える声が聞こえた。

どうしてここに、とシンシアたちが驚いている間に猟犬は姿を見せ、こちらに向かって走ってきた。黒い毛並みの細身の体軀の猟犬は、二頭いる。迷わず真っ直ぐに、やって来る。

自分たちを狙っているのは、明らかだった。

シンシアはすぐさまコーデリアの手を取り、逃げようとする。だがコーデリアはその手を勢いよく振り払った。

強烈な拒絶にも似た仕草に、一瞬頭の中が真っ白になる。コーデリアが言った。

「二手に分かれましょう！　あの子たちも分かれるかもしれないし、諦めるかもしれないわ！」

コーデリアの策が今は一番有効なものだとシンシアも思い、強く頷く。

「気をつけて！」

……なのに猟犬たちは、脇目もふらずにシンシアを追いかけてきたのだ。

(どうして……!?)

まるで誰かに命令されているようではないか。そう思った直後、足元が急に不確かになり――崖から落ちた。

自分を狙ってきた猟犬。そこにあるのは、自分に向けられる『悪意』ではないのか。

(怖い……!!)

「……っ」

夢からの覚醒《かくせい》は唐突で、一瞬自分がどこにいるのかわからなかった。サイドテーブルに置かれているランプの灯《あか》りで照らされた室内が、見慣れないものだったから余計だ。

見知らぬ部屋のベッドにどうして眠っているのかと、シンシアは混乱してしまう。……だが置き時計の規則正しい秒針の音を聞いていると、だんだんと状況を思い出せた。

(そうだわ、私……レスターさまに助けていただいて……)

喉の渇きを覚えて、シンシアは視線を巡らせる。ランプの傍に、水差しの一式が用意されていた。

シンシアは身を起こすが、身体の節々が痛く、重かった。レイフォードが言うように、足首を痛めたため熱が出てきたのだろう。

何だか気力が続かず、シンシアは再び枕に身体を戻してしまった。

熱い息をつくと、部屋の扉がノックされる。時計を見れば、そろそろ大抵の者が眠りにつく時間だ。レイフォードかメイドが、様子を見に来てくれたのだろう。

シンシアが返事の代わりにサイドテーブルを指の関節で軽く叩くと、姿を見せたのはレスターだった。

(レ、レスターさま⁉)

意外な人の登場に驚きつつ、シンシアは慌てて身なりを整えようとする。

ベッドヘッドにかかっていたガウンを羽織り、前ボタンを留める。だが動揺で指が上手く動かない。

レスターがその様子を見て、苦笑した。

「レディが気にならなければ、そのままでいいさ」

レスターの手には小さなトレイがあり、そこに薬と水の入ったグラスが置かれていた。

「調子はどうだ？」

答えようとしても、やはり声は出ない。レスターは気遣いの笑みを見せて、こちらに歩み寄ってきた。

枕元に置かれている椅子に腰を下ろし、トレイを差し出す。

「レイフォードが熱が出るかもと言ってたが……やっぱり、少し辛そうだな……」

失礼、と一言断ってから、レスターが額に触れてきた。発熱しているシンシアには、レスターの大きな掌は少しひんやりとしていて、気持ちいい。

レスターは心配そうに眉根を寄せた。

「今は薬を飲んでゆっくり休んだ方がいい。飲めるか？」

小さく頷くと、レスターがグラスを支えてくれる。おかげで水をこぼすことなく、薬を飲むことができた。

「おやすみ」

レスターが横たわらせてくれ、枕の位置を直してくれる。今のシンシアに、その優しさはとても嬉しい。先ほど怖い夢を見たから、余計だ。

けれど感謝を伝えたくても、口から声は一言も出てこない。

シンシアはがっかりしてしまったが、すぐにいいことを思いついた。立ち上がりかけたレスターの袖を慌てて摑《つか》み、引っ張る。

「……何……っ」

まさかシンシアがそんな悪戯《いたずら》まがいのようなことをしてくるとは思っていなかったのか、レスターが体勢を崩す。自分の上に覆い被さってくる影に、シンシアはぎゅっと目を閉じた。

(つ、潰されちゃう……!!)

……だが覚悟していた圧迫感はやってこず、代わりに額にさわさわとした感触とかすかに清涼感あるフレグランスの香りを感じた。

「……間一髪……」

ふう、と小さく息をついて、レスターが呟《つぶや》く。その声があまりにも近すぎて驚きながら瞳を開けば、前髪が額に触れるほど近くにレスターの端整な顔があった。

押し潰さないように、レスターはシンシアの耳脇に両手をついて身を支えている。レスターが身じろぎすると、ぎしりとベッドのスプリングが軋《きし》んだ。

予想外の異性との接近にどうしたらいいのかわからなくなって、シンシアは身体を強張らせてしまう。レスターは苦笑し、身を起こした。

「……まったく……君がこんな悪戯をするとは思わなかったな」

(……い、悪戯って……ち、違うの！)

本来の目的を思い出し、シンシアは離れようとするレスターの袖口を改めて掴む。今度はちゃんと力を加減して、軽く引っ張った。

「何だ？」

(手を貸して)

身振りで伝えると、レスターはシンシアの枕元の位置に腰を下ろし、手を差し出した。

レスターの身体が肩口や腕の辺りに触れて、ドキドキする。目的のためには仕方ないのだが、近い。

(こ、これからこうすると……こんなふうに近くなるのかしら……)

心臓が、保つだろうか。

「シンシア嬢？」

ハッと我に返り、シンシアは慌ててレスターの手を取った。そして掌に指を滑らせる。

『ありがとうございます』

感謝の言葉を記すと、レスターが軽く目を瞠《みは》り――そして、小さく笑った。

「どういたしまして。……なるほど、考えたな。これはいい方法だ」

誉められて、シンシアも笑い返した。

『私もとてもいい方法だと思いました。これなら声が出なくても、レスターさまとお話しできますよね？』

「ああ、そうだな。これは意外に気持ちいい」

(気持ちいい……っ!?)

いったいどうしてそんな感想を抱くのか、シンシアはぎょっとしてしまう。慌てて手を離そうとしたが、レスターの手に捕らえられてしまった。

「君の指がこうやって触れると……くすぐったいような気持ちよさがある」

(そ、そういうことを、真面目な顔で言わないで……!!)

「明日からはこうやって話そう。だが、今はゆっくり休むんだ。いいな」

レスターがシンシアの手をシーツの中に戻す。薬が効き始めたのか、睡魔が再びやって来た。

(でも……一人は怖い、わ)

夢の名残《なごり》が、シンシアの瞳を不安で揺らす。立ち去ろうとしたレスターはそれに気づくと、再び枕元に腰を下ろした。

(レスターさま……?)

レスターの大きくて温かい手が、シンシアの頭に伸ばされる。心がほっと安心する笑みだった。

「眠るまで傍にいてあげよう」

髪を撫でてくれる仕草が、とても気持ちがいい。シンシアはそのままやって来た眠りに身を委《ゆだ》ねた。

【2】


朝には熱も下がり、足首の腫れもだいぶ落ち着いた。あと二、三日もすれば、すっかり治るだろう。

メイドの手を借りて動きやすさを重視したドレスに着替える。ひとまずの着替えとして、用意されたものだ。少し胸の辺りがきつく丈が短いが、問題ない。

シンシアは、ふと疑問に思ってしまう。……この若い女性向けの服たちは、どうしたのだろう。

(昨日の段階では、メイド以外の女性はいらっしゃらなかったみたいだけど……)

もしかしたら、まだ会えていないだけかもしれない。失礼がないようにメイドたちから前情報を聞いておきたかったが、今のシンシアの状態では会話は難しかった。

「朝食の準備はもうできております。殿下がご一緒しましょうとお誘いしておりますが」

勿論《もちろん》、断る理由はない。シンシアは強く頷いて返事の代わりにしたあと、ふと、自分の足のことを考えてしまった。……何か杖《つえ》のようなものがないと、自力で歩くのは難しそうだ。

メイドにそのことをどう伝えようかと考え込んでしまったとき、扉がノックされる。再び頷くと、メイドが代わりにドアを開けてくれた。

「おはよう、シンシア嬢。よく眠れたかい？」

姿を見せたのは、先日のように軽装のレスターだった。シンシアは慌てて膝を折ろうとして、しかしすぐに彼に止められる。

「堅苦しいのはあまり好きじゃない。そんなに畏《かしこ》まらなくていい」

今の足首のことを思えば、レスターの言葉は助かる。シンシアは感謝の笑みを返した。

「足の痛みはどうだ？」

（だいぶ、よくなりました）

シンシアが思いを込めて改めて笑うと、レスターは安堵の息をつく。

「でも、今日一日は絶対安静だな」

となると、生活以外の時間はベッドから出てはいけないということだろうか。それはまたずいぶん息苦しい一日になってしまいそうだ。

想像するだけでもつまらない。シンシアは知らずにため息をついてしまう。

レスターは楽しげに笑いながら、両腕を伸ばしてきた。

「そんな顔をしなくてもいい。今日一日、俺が君の足になるさ。行きたいところがあれば、俺が抱いて連れて行く」

（そんなこと……!!）

とんでもない提案に、シンシアはぶんぶんと首を振った。途端《とたん》にレスターが少し傷ついた顔をする。

「ああ……すまない。君は俺に触れられるのが嫌だったか」

(いえ、そういうことではなく！　そんなことをレスターさまにさせるわけにはいかないのです!!)

シンシアは再び勢いよく首を振る。レスターがにっこりと笑った。

「なら、問題ないな。朝食に行こう」

……結果的にその答えになってしまうことに気づいたときには、もう遅い。レスターの腕がひょいっとシンシアを抱き上げた。

手の置き所などをどうしたらいいのかわからないため、シンシアは身を強張らせてしまう。レスターは颯爽《さっそう》とした足取りで、朝食の場に向かっていった。

「……しかし、君は軽いな。ちゃんと食べているか?」

普通だと思う。シンシアは頷いた。

だがレスターは納得していない。

「もう少し食べた方がいいと思うが……」

レスターはずいぶんと心配性らしい。また少しレスターを知ることができて嬉しくなり、シンシアはくすくす笑う。

「何かおかしなことを言ったか?」

(い、いいえ、そうじゃないです！)

慌てて首を振り、少し窺《うかが》うようにレスターを見る。レスターはため息をつくように笑った。

「君の笑顔が可愛いから、許そう」

さらりと言われて、シンシアは一瞬の空白のあと赤くなる。……無自覚で言ってくれているようだから、本当に心臓に悪い。

「今朝はサンルームに用意した。君との会話は傍にいないと駄目だから、大広間はやめたぞ」

部屋の三方の壁がガラス張りになっている室内には、朝の光がたっぷり入り込んでいて気持ちがいい。広すぎない室内のテーブルは丸テーブルで、そこに朝食が用意されていた。

柔らかないい香りのする茶をいれてくれているのはレイフォードで、シンシアたちの姿を認めると朝の挨拶とともに丁寧に頭を下げてくる。

レスターは二つ並んだ椅子の一つに、シンシアを座らせた。

「おなかが空いたんじゃないか？　遠慮なく食べなさい」

取り皿に、レスターが手ずから色々と取り分けてくれる。

バターのたっぷり効いたパンに、かりかりに焼けたベーコン、しっとりふわふわの卵、新鮮な野菜サラダ、旬の果物などなど。レスターはそれを次々と皿に乗せてくれるが、量の多さにシンシアは唖然《あぜん》としてしまう。いくら何でもこの量は食べられない。

見かねたレイフォードが、わざとらしく咳払いをした。

「殿下、レディはそんなにお食べにはなりませんよ」

「……そうか？　俺はこの程度じゃまったく足りんが」

「殿下とレディを一緒にしてはいけません！　シンシア嬢、食べられるだけの量でよろしいですよ」

「……何だか俺が女心に疎《うと》いみたいじゃないか」

「ごくたまに、そういうときがあるのは事実です」

多少は自覚があるのか、レスターは憮然とした顔で手を止めると、椅子に座る。何だか叱られた子供のような感じがして、シンシアは小さく笑った。

「レイフォードのくせに最近生意気だぞ。君もそう思わないか？」

同意を求められても、シンシアはレイフォードのことをよく知らない。何かの答えを待っているわけではないらしく、レスターは大きくため息をついた。

そして、ふいにニヤリと笑う。

「まあいい。今度たっぷり仕返ししてやろう」

（な、何だか悪戯っ子のような笑みだわ）

シンシアはレスターと自分の間に皿を置くと、テーブルの上で軽く指を動かした。テーブルクロスに文字を書く仕草を見せると、レスターが片方の掌をこちらに差し出してくる。

シンシアは大きな掌の上に、指を滑らせた。

『こんなにたくさんは食べられないので、一緒に食べましょう』

「シンシア嬢がそう言ってくれるなら」

『シンシア、で結構です』

「……では、シンシア」

レスターの柔らかく響きのいい声で呼ばれると、自分の名前がとても特別なもののように思える。シンシアは少し頬を赤くしながらも、笑顔を返した。

 どこか眩《まぶ》しそうにシンシアを見返して、レスターは取り皿からパンを取る。シンシアも
フォークを手に取って、食事を始めた。

穏やかな空気が心地よくて、シンシアは声を発せないながらも落ち着いて食事をすることができた。ひとえにレスターがシンシアの視線一つにも目を配ってくれていて、欲しいものはすぐに取り皿に乗せてくれるからだ。

（レスターさまって、すごく頭のいい方なのでは……？）

それに、気配りも巧みで、優しさも持っている。国王の弟ということを自慢することもない。

過去にパーティや式典などで儀礼的な会話を少し交わしただけではわからなかったレスターの人柄の一部を見ることができて、シンシアは嬉しくなる。

社交界デビューしたとき、一番はじめにシンシアのダンスの相手をつとめてくれたのはレスターだった。あのときシンシアは、公爵家の令嬢として何か失敗をしないようにと、ひどく緊張していた。

父が引き合わせてくれたレスターはこちらの緊張に気づいてくれて、終始優しく気遣いを見せてくれた。あのとき、もっと女性として優しくたおやかになりたいと、思った。……レ

スターはそのときのことを覚えていないと思うが。

(だって、もしかしたら将来の伴侶になるかもしれない御方だし……)

レスターが自分を求めてくれたら、ならばだが。あの頃から父に、レスターとの婚約話が持ち上がる可能性を聞かされたことも思い出す。

「アディンドン公爵には、俺の名で使いを出しておいた」

自分がここにいることを家には何も伝えていなかったことに、ようやく気づく。きっとコーデリアから話を聞いて、皆がたいそう心配したことだろう。

『すみません、ありがとうございました。私、そのことにまったく気づかなくて……』

「君を見つけたからには、そのくらい何でもないさ」

では朝食が終わった時間を見計らって、父が迎えを寄越《よこ》すだろう。レスターと少し仲良くなれたのに、もうお別れになってしまうのは何だか寂しかった。

(……なら、こちらにご招待するのはどうかしら？　お礼を兼ねて)

「公爵には、君の足と声が治るまでここで治療させてもらうように伝えておいた」

(えっ!?)

驚きのあまり、シンシアはフォークを持つ手を止めてしまう。レスターはもう食事を終えていて、食後の茶を飲んでいた。

「君が怪我をしていたところを見つけたのは俺だ。やはり、最後まできちんと世話をするのは、助けた側の責務だろう」

「ご立派なお心掛けです」

即座にレイフォードが神妙な声で主《あるじ》を誉める。予想外の展開に唖然としてしまうが、レスターはすっかりその気のようで、提案を撤回する様子はない。

声が出ないからだけではなく絶句しているシンシアをよそに、レスターはカップの中身を半分ほど飲んでから、続けた。

「それに、少し気になることも……いや、君がここにいたくないというなら、公爵邸までお送りするが」

レスターが、どこか寂しげに続けた。

「怪我のことも心配だが、君がいてくれたらとても楽しいと思ったんだがな……君が嫌なら、仕方ない」

(嫌だなんて、そんな……!!)

言いながら、レスターはますます残念そうな顔になる。そんな表情をさせるのは申し訳なくて、シンシアは思わず心のままに首を振っていた。

(あ……いけない……っ)

これではレスターと一緒にいたいと言っているようなものではないか！

レスターが嬉しそうに笑う。その笑顔が少し子供っぽく見えて、何だかドキドキしてしまった。

「そうか、よかった。シンシアの身体が治るまで、きちんとお世話させていただくよ」

（あ……ありがとうございます……）

いくらレスターの兄である国王と懇意にしている公爵の娘だからといっても、ずいぶんと至《いた》れり尽くせりの状況だ。シンシアは戸惑いを残しながらも、笑みを浮かべる。

どちらにしても、レスターとこんなふうに一緒にいられることは嬉しい。

「朝食が終わったら、何をしようか。この屋敷は庭が綺麗だ。散歩もいい。俺が抱いていってあげよう」

（……そ、それは少し恥ずかしいけど……）

レスターからは、変に下心めいたものは感じない。だからシンシアは新たな笑みを浮かべて、レスターの掌に指を滑らせた。

『楽しみです』

「期待してくれていい。君も気に入るさ。ところで……どうして君は、こんな怪我をすることになったんだ？」

昨日は色々とばたばたしてしまい、こんなことになった原因をまったく話していなかったことに気づく。シンシアは慌ててレスターの掌に、自分の身に起こったことを伝えた。

いとこと一緒に軽いピクニックも兼ねて、散歩に出掛けたこと。その途中で、猟犬に襲われたこと。逃げるために必死になっていたために、小さなあの崖に気づかずに足を滑らせてしまったこと――伝えているうちに、やはり気になってしまったのはコーデリアの安否だ。

自分の代わりにターゲットを失った猟犬に、襲われていないだろうか？

『コーデリアは、大丈夫でしょうか……』

「人の心配より、自分の心配だと思うがな」

レスターにすぐさま切り返されて、シンシアは指を強張らせる。何か変なことを尋ねてしまったのだろうか。

レスターはそんなシンシアに呆れたような息をついて、小さく笑った。

「優しいレディだと思っただけだ。……他に、何か気づいたことはなかったか？」

（他に？）

シンシアは改めてそのときの記憶を辿る。思い出すと同時にあのときの恐怖もやって来て、小さく身体が震えてしまった。

シンシアは、両手をぎゅっと握りしめる。

（レスターさまに心配かけるのは、いけないわ）

コーデリアと散歩をしていて猟犬に追われ、崖から落ちて――記憶を辿っていくと、ふと、何か違和感を覚えた。崖から落ちたときに、何かを。

（何かって……何？）

まるで思い出すのを拒むかのように、ずきりと頭が痛む。

「……っ」

「シンシア？　どうかしたか!?」

身を強張らせたシンシアに、レスターが声をかけてきた。同時に赤い前髪が額に触れてしまいそうなほど間近から顔色を確認されて、シンシアは慌てる。

何でもないと焦《あせ》って首を振ったが、レスターは信用してくれない。

「……少し、顔色が悪いな。散歩はやめよう。今日一日、ベッドで休んでいた方がいい」

『だ、大丈夫ですから！』

慌ててレスターの手を取り、掌の上で反論する。レスターはまったく譲歩せず、文字を記す手を握りしめてきた。包み込むように握りしめられて、シンシアはおとなしくするしかない。

「君が、心配なんだ。言うことを聞いてくれるな？」

真っ直ぐに瞳を見つめられ真剣な低い声でそう言われてしまうと、嫌だと言えなくなる。

シンシアは仕方なく頷いた。

レスターが、ほっと安堵の息をついた。

「退屈なら、何か本でも見つくろってあげよう。シンシアはどんな本が好きなんだ？」

少し思案したあと、気恥ずかしげに今、若い女性の間で人気急上昇中の恋愛小説を伝えてみる。案の定レスターには笑われてしまったが、その笑顔はシンシアを子供っぽいと馬鹿にするものではなかった。

「なるほど、君くらいの年頃のレディなら、そういうことに興味を覚えるものだろうな。俺も、何冊か読んだ」

『レスターさまが？』

途端にレスターがレイフォードを睨《にら》みつけて、顔をしかめた。

「もっと女心を理解した方がいいとか言われてな」

「今後のためです」

しれっとレイフォードが答える。反省の色はない。レスターがため息をついた。

「ずいぶん言ってくれるな。恋人もまだいないくせに」

立ち上がりながらのレスターの反撃に、レイフォードが絶句した。勝ち誇った笑みを浮かべて、レスターは扉に向かう。

「では少し、席を外すよ」

まだこちらの食事が終わっていなかったため、レスターは先に本を取りに行ってくれる。

……その背中を見送ったあと、シンシアは嘆息した。

レスターの優しさや気遣いはとても温かくて、心地いいものだ。だが少し、行きすぎのような気がする。

(こんなに心配性で……お疲れにならないのかしら……)

以前のレスターも優しくて気遣いに溢《あふ》れていたが——それだけだったと思うのに。

(国を離れている間に、何かあったのかしら……)

「お茶をお注ぎいたします」

レイフォードが近づいて、カップに茶を注ぎ足してくれる。洗練された無駄のない仕草を見せながら、レイフォードは言った。

「もしよろしければ、殿下のお好きにさせてください」

シンシアは無言でレイフォードを見返す。

(……どういうこと?)

問いかけの言葉を瞳に込めるが、レイフォードはそれ以上は何も言わなかった。


レスターに抱き上げられてベッドに連れて行かれたあとは、彼が持ってきてくれた本を読んで過ごす。

退屈してしまうかと思ったが、レスターが見つくろってくれた本はとても面白く、夢中になってしまった。シンシアが本を読み終わったのは夕方で、夕食の席ではレスターとその内容について話が弾んだほどだ。

相変わらずまだ声が出ないため、シンシアはレスターの掌での筆談だ。

紙とペンを用意してもらおうとしたのだが、レスターはそれを面倒だろうと断ってきた。確かに何をするにも常に紙とペンを持っているのは面倒だ。だったらメイドに持たせればいいのだが、レスターはそれすらも嫌だという。

「君の指が触れると、気持ちいいんだ」

……下心は、ないのだろう。だが、心臓には悪い。

結局上手くあしらうこともできず、レスターとの会話は掌での筆談のままだった。

そのためレスターとの距離は肩が触れ合いそうなほど近くになって、短い間でも何だかずいぶん親しくなれたような気がする。レイフォードやメイドたちもこちらをとても微笑ましげに見つめてくるから、余計だ。

『この本も、レイフォードさんに薦《すす》められたんですか？』

「そうだ。読んでみたら、意外に面白かった。本ならどんなものであれ、知識の宝庫だと思ったな。その知識を毛嫌いで手にしないのは勿体《もったい》ない」

（柔軟な考えをお持ちだわ）

『それは、旅の成果ですか？』

「……そうだな」

答えに、一瞬だけ間があった。

少し気になる間だったが、レスターから返された会話に答えているうちに忘れてしまう。それだけレスターとの話が楽しかったからだろう。

夕食が終われば、レスターが再びベッドまで運んでくれる。また抱き上げられてしまったが、朝よりも落ち着いて身を委ねられた。レスターのぬくもりは、とても気持ちいい。

一日安静にしていたおかげで、そのときにはもう、足首の痛みはほとんどなかった。レイフォードの診断で、明日は自分で歩いても大丈夫だと言われて、ほっとする。

途端にレスターが複雑な顔をしたのには、小さく笑ってしまう。

「君の足代わりは結構楽しかったんだが……」

「レスターさま……今回は特別なんです。普通はしないんですよ」

「……しないのか。つまらんな」

そんな会話に、シンシアはクスクス笑ってしまう。その声は変わらずに戻る気配が見られない。

精神的なショックだと言われたが、この屋敷ではとても大切にしてもらえ、怪我も癒えて――心も穏やかに落ち着いている。なのにどうして、声は戻らないのだろう。

ベッドの中に入って眠りに落ちていきながら、シンシアは話せないもどかしさを実感する。

レスターとの筆談での会話も勿論楽しいが、想いを伝えるのにある程度の時間がかかる。

レスターは待つ時間に苛立つことは決してなかったが――やはり、その時間的なズレはもどかしい。

(早くちゃんと……レスターさまとお話ししたいな……)


――シンシアは、また夢を見た。

猟犬に追われ、逃げていく。シンシアを獲物として見ている猟犬の吠え声は、本能的な恐怖を駆り立てるものだった。

怖くて、必死で逃げる。そして夢は過去を正確になぞり、シンシアはあの場所で足を滑らせた。

(怖い)

猟犬は獲物を追うために調教されている。シンシアの父が持つ猟犬も、よく調教されていた。それなのにどうしてあんなふうに迷いなく自分を追いかけてきたのか。……それは、主人に命じられたからではないか。

誰かが、自分を傷つけるためにあの二匹をけしかけたのではないか?

(私の知らないところで、誰かが私を……?)

悪く考えるのは、自分のいけないところだ。わかっている。けれど、一度抱いた恐怖は、そう簡単には消えてくれない。

怖い。誰かが、自分を憎んでいるのだろうか。

「……っ!!」

やはり目覚めは突然で、シンシアは勢いよく身を起こした。

サイドテーブルに置かれている飾り時計を見れば、ずいぶんと早い時間だ。メイドたちがそろそろ起き出す頃合いだった。

もう少し寝ていようとシンシアは再びベッドに横になり、目を閉じる。だが、眠りはやって来なかった。

小さな欠伸《あくび》が、午後のお茶の時間に漏れてしまった。庭の一番陽当たりがいい場所のガーデンセットでその時間を楽しんでいたのだが、ほどよい花の香りとぽかぽかと暖かい陽射しが、寝不足の身体に眠気を与えてくれている。

このままベッドに入れば、眠れそうだ。ここ数日の睡眠不足も少しは解消されるだろう。だが今ここに、レスターはいない。アディンドン邸にわざわざレスターが足を運んで、シンシアの父に娘の状況を教えに行ったのだ。

そんなことまでしてもらえて、シンシアは恐縮してしまう。

「俺の散歩も兼ねてる。少し馬も走らせたかったからな。気にする必要はないさ」

見送るシンシアの頭の上で、レスターは掌をぽんぽんと軽く弾ませて言ってくれた。

彼が帰ってきたら、出迎えたかった。だから午睡《ごすい》は絶対に却下だ。

なのに、また小さく欠伸が出てしまう。それを見たレイフォードが、穏やかに微笑みながら言った。

「シンシアさま。少しお休みになった方がよろしいのでは？　昨夜は夜更かしをされましたか」

レスターたちにはこれまでだけでもずいぶんと心配をかけ、優しくしてもらっている。これ以上は何も気を遣わせないつもりだったのに。

何でもないという気持ちをこめて、シンシアは首を振る。だが、そのくらいでレイフォードを納得させることはできなかった。

おもむろにレイフォードは、胸ポケットから小さく切った便箋《びんせん》とペンを取り出した。それをシンシアに差し出して言う。

「レディ、どうされたのか教えてください」

掌での筆談は、レスターだけの特権だ。他の者とはこのやり方での会話だった。

シンシアは便箋とペンを受け取ったものの、欠伸の原因を記すつもりはない。

シンシアを悩ませている夢は、自分の心が弱いだけの話だ。誰のせいでもなく、自分のせいだ。

（私が、乗り越えなくちゃいけないこと）

『なんでもないわ、大丈夫』

レイフォードが、じっとシンシアを見つめる。この瞳は苦手だ。

「レディ、私は殿下がお留守の間、貴女《あなた》のお世話を仰せつかっています。レディにそのようなお顔をさせるわけにはまいりません。お話ししてください」

さすがレスターの側近を務めるだけあって、多少の抵抗では引いてくれなさそうだ。どうしよう、と思ったとき、シンシアの耳に馬の嘶《いなな》きが届いた。

（レスターさまがお帰りになったわ！）

天の助けとばかりに、シンシアは立ち上がった。レイフォードもレスターの帰宅を知り、仕方なさそうにため息をつく。シンシアは彼にそれ以上追求されないよう、小走りにレスターのところへと向かった。

レスターは玄関近くで馬を降り、手綱《たづな》を下男に預けている。シンシアの走ってくる足音に気づくと、こちらを振り返って笑いかけてきた。

「ああ、シンシア。一人にさせてすまなかった。問題はなかったか？」

シンシアの様子から、寂しがっていたのだとレスターは判断したらしい。そんな子供ではないがあながち間違いでもないため、シンシアは特に否定しなかった。

そのままレスターに向かおうと一歩を踏み出した、そのとき——シンシアの視界が急に陰った。

（え……!?）

がくりとシンシアの身体が前のめりに倒れる。レスターが血相を変え、シンシアに走り寄ってきた。

「シンシア！　大丈夫か!?」

幸いレスターの足は速く、シンシアが倒れ込む前に支えてくれる。

シンシアは力強い腕にすがりついて、瞬きを何度かする。視界の陰りはすでに綺麗に消え去っていた。

シンシアはレスターを見上げて、こくこくと何度も頷いた。レスターは一応頷きを返したものの、まだその顔は青ざめている。

シンシアは安心させるために笑いかけたが、レスターは無言で抱き上げてきた。

「休みなさい。ベッドに運ぼう」

（そ、そこまでしなくても……!!）

「駄目だ。言うことを聞くんだ」

今のレスターの顔を見たら、言われるままになるしかない。シンシアはそのままレスターの腕に身を委ねた。

レイフォードが辿り着いて、レスターに言う。

「恐らく、睡眠不足よる一時的な不調です」

（い、言わなくてもいいのに……!!）

思わずシンシアはレイフォードを軽く睨みつけてしまうが、堪《こた》えた様子はない。レスターがシンシアを部屋に連れて行きながら問いかける。

「寝不足だって？　……眠れない理由は何だ？」

レイフォードが先導して、シンシアの部屋の扉を開けた。レスターが中に入ると、彼はそのまま扉を閉めて立ち去ってしまう。

優しくベッドに下ろされたものの、理由を聞くまでは立ち去るつもりがないのか、レスターはそのまま枕元に腰かけてきた。シンシアに向かって、片手を差し出す。

「眠れないとはどういうことだ。何が気になっている？　声がまだ出ないことか？」

シンシアはふるふると首を振りつつ、どう話そうか迷う。彼に心配はかけたくないのに。

シンシアはきゅっと唇を強く引き結んだあと、レスターの掌に指を触れさせる。

『大したことではないんです。ただ少し、怖い夢を見て……』

「どんな夢だ」

シンシアは必死で考えを巡らせ、レスターにこれ以上追及されない答えを記した。

『こ、この間読んだ本です。夜中に殺された屋敷の主人が幽霊になってやって来て、犯人たちに復讐していくお話……』

確かにその本は半分ほど読んだが、結局怖くなってしまって読了を諦めた。

シンシアは幽霊が苦手だった。そのため、レスターに伝えるのに指が少し震えてしまう。

意図しなかった仕草が、信憑性《しんぴょうせい》を与えたらしい。レスターは苦笑の息をつくと、シンシアの頭を撫でた。

「そういうことなら、今夜は灯りをつけて眠ればいい。メイドの何人かも、近くの部屋に控えさせておこう」

嘘《うそ》をついてしまったが、ひとまずレスターが納得してくれたことにほっとして、シンシアは笑う。

「今はとにかく眠るんだ。俺がついているから、幽霊が出ても怖くないだろう？」

完全な子供扱いに少々不満を覚えるが、頭を撫でてくれるレスターの手は気持ちいい。シンシアはレスターの掌に綴《つづ》る。

『レスターさまにそうされると、とても安心します。レスターさまの手は、魔法の手みたいですね』

レスターが、少し驚いたように目を瞠った。金茶色の瞳に陰りが滲《にじ》んだように見えて、シンシアは少し心配になる。

「俺は……」

『レスターさま、レスターさまには大変よくしていただいています。何か私にできることはありますか？』

思わずそう記すと、レスターは心地いい掌をシンシアの目に被せた。視界が暗くなり、レスターの顔が見えなくなる。

「今の俺の願いは、君に眠ってもらうことさ。……おやすみ」

（……ごまかされた）

そう感じられて、何だか少し寂しいような気持ちになる。レスターは優しくてシンシアをとても大切にしてくれているが、自分のことになると壁を作っているように思えるのだ。

……それも仕方ない。これまで儀礼的な会話を交わす程度の面識しかなかった。まだ出会って数日だというのに、自分のすべてを見せられるわけがない。

なのにその壁が、シンシアにはもどかしい。

（……私……レスターさまのことが、もっと知りたいんだわ……）

シンシアはされるままに目を閉じる。レスターの手が離れ、柔らかなくちづけが前髪に落ちた。いたわりの、キスだ。

「ゆっくりおやすみ」

レスターは枕元に座ったまま、髪を撫でてくれる。その仕草が気持ちよくて、シンシアは少し甘えたい気持ちになった。

『……レスターさま。私が眠るまで、手を握っていてもいいですか？』

「ああ、構わない。……そんなことでいいなら、いくらでも」

シンシアは笑って、レスターの手を握る。握り返してくれる大きく包み込むようなぬくもりが、心をほわっと柔らかくさせた。

目を閉じてしばらくレスターの手を感じていると、意外なほど早く眠りがやって来た。それに身を委ねながら、レスターのことを想う。

これまでのレスターとのやり取りを思い出すと、心が温かくなって少し切ない気持ちになる。こんな気持ちは初めてで、どうしてなのかよくわからない。なのに、先ほどのレスターの、いつもと違う様子が気になる。

何故そんな顔をするのか、教えて欲しくなる。

（私……どうしてこんなにレスターさまのことが気になるの……？）

あともう少し手を伸ばせば、その気持ちが何なのかわかるような気がする。だがそれよりも早く、眠りに落ちてしまった。

レスターが傍にいてくれたおかげか、シンシアの午睡は短いながらも深いもので、目覚めると心がずいぶんすっきりした。

夕食はレスターと一緒に楽しく過ごす。シンシアが元気になった様子を見て、レスターは安心してくれた。……だが、夜に一人きりになると、きっとあの夢を見てしまう。

夢を見てしまうことが嫌で、シンシアの眠りは浅かった。そのうち夢を見たくないからか、目が冴えてしまう。

今夜は、睡魔の気配がまったくこなかった。

（……ど、どうしよう……まったく眠くなってしまったわ……）

また寝不足の顔を見せたら、レスターが心配する。なんとしても眠らなければと目を閉じるが、変わらず睡魔はやって来ない。

何か眠気を誘ってくれる飲み物でも持ってきてもらおう。そう考えてシンシアはベッドに身を起こし、ベルを鳴らした。

だが信じられないことにやって来たのは、レスターだ。

ドアを開けて姿を見せたレスターに、驚きすぎて何を言えばいいのかわからない。レスターはナイトウェアではなく、柔らかなシャツとズボンの姿だった。

「どうした、やっぱり怖い夢を見たか？」

シンシアの髪を撫で、頬を掌で包み込んでくる。シンシアはその手を慌てて取ると、指で記した。

『ど、どうしてここにレスターさまが!?』

「昼間、約束しただろう？　怖い思いはさせないようにすると」

『た、確かにそうですけど……で、ですが、メイドを控えさせておくと……!!』

レスター自身が別室に控えていたなど、ひどく申し訳ない。シンシアは絶句してしまう。

レスターはシンシアの枕元に腰を下ろすと、身を乗り出して肩を押した。決して強い力ではないが、シンシアに有無を言わせない仕草だ。

されるがままになって枕に頭を沈めると、レスターはシンシアの頭を撫で始める。とても心地いいのだが、真剣な表情で撫でられるとどうしたものかと思ってしまう。

『あ、あの……レスターさま……？　これは、いったい……』

「君が言っていたんじゃないか。俺の手に頭を撫でられると安心すると」

……確かに昼間、そんな会話をした。だが、だからといってレスターほどの立場の者が、シンシアにつきっきりになるなんて。

（し、しかも、すごく真面目な顔だし……）

夜に、年頃の男女が二人きり。なのにあやしい空気はない。レスターに下心を感じないからか。

『……ありがとうございます』

レスターはシンシアの頭を撫で続けた。

「まだ朝は遠い。休みなさい」

『……レスターさまは？』

「君が眠ったら、部屋に戻るさ」

　ではもし朝までの間に目が覚めてしまったら、レスターは隣にいないのか。そう思うと、何だがひどく寂しい。

　シンシアの憂《うれ》えた表情から、何かを感じ取ってくれたのだろうか。レスターは手の動きを止めずに、思案げな顔をする。

　そして、少し躊躇いがちに続けた。

「君が嫌でなければ……一緒に寝るか？」

　新たな衝撃に、シンシアは大きく目を見開く。眠気はかえって遠くなった。

『い、一緒に⁉』

「ああ。人肌やペットのぬくもりがあると、安心して眠れることがあるというぞ。ピットを君のベッドに入れるわけにはいかないからな。俺ならどうかと思った」

　生真面目な表情で、レスターは言う。シンシアのことを思うがゆえの提案だとわかるが、即答できない。

　レスターが、小さく笑った。

「では俺が、強引に君のベッドに入ったことにしよう」

　シンシアが止める間もなく、レスターが隣に潜《もぐ》り込んでくる。あまりにも突然すぎることにどうしたらいいのかわからず戸惑っている間に、レスターはシンシアを優しく抱き寄せてきた。

（あ……っ）

柔らかく包み込むように抱きしめられて、シンシアは息をつく。レスターのぬくもりはシンシアを守ってくれるかのようで、とても安心した。

顔を上げることはとてもできなかったため、シンシアは俯く。レスターはぐずる幼い子供をあやすように、片手で背中を軽く叩いた。

もう片方の手は、シンシアの髪を撫でている。

（……とても、気持ちがいい）

シンシアは気恥ずかしさを堪《こら》えて、顔を上げた。あと少しでも顔が近づけば、くちづけも可能な近さだ。

ドキドキしながらもシンシアはレスターをじっと見つめて、ゆっくりと唇を動かした。

『やっぱりレスターさまの手は、魔法の手ですね。とても……安心します』

レスターは軽く目を見開いたあと、くすりと笑う。親密度が増したような気がした。

「そうかもしれないな。……さあ、もう眠るんだ」

シンシアは頷いて、目を閉じる。

しばらくすると、驚くほどあっさりと眠りがやって来た。今度はそれを逃さずに、身を委ねる。

レスターのぬくもりのおかげで、その夜は夢を見なかった。

鳥のさえずりが、シンシアの目覚めを促した。ベッドの中は心地よくてまだ眠っていたくなる。

けれどここは自邸ではなく、レスターの屋敷だ。そんな非礼はできないと、シンシアは渋々身を起こした。

ずるりと自分の胸の辺りから腰へ、何かが落ちる。なんだろうと見れば、それは一本の腕だった。

「……!?」

シンシアは、思わず大きな悲鳴を上げようとしてしまった。とは言ってもまだ声が戻っていないため、荒い呼吸音が出ただけだったが。

(レ、レスターさま……!?)

隣に、レスターが眠っている。気持ちよさそうな寝息が薄い唇からこぼれ続けていて、まだまだ目覚める気配がない。

(ど、どうしてレスターさまと一緒のベッドに!?)

困惑のあまり身体が、固まってしまう。レスターはシンシアの慌てぶりなどまったく気づいておらず、気持ちよさげに息をつくと、寝返りを打った。

ベッドが軋み、その音にシンシアはびくりとしてしまう。だがすぐに、昨夜のやり取りを思い出した。……そうだ。よく眠れるようにと、レスターはシンシアと一緒に眠ってくれたのだ。

レスターは、変わらず目覚める気配がない。きっと本当にシンシアが眠るまで、寝ないでいてくれたのだろう。

何かあったときに、すぐに対応できるように。

レスターの優しさが、嬉しい。シンシアは微笑《ほほえ》んで、レスターの身体に手を伸ばす。声が出ないため、身体を揺すって起こそうとした。

(レスターさま、朝です)

声は出なくても想いを込めて、シンシアはレスターの身体を揺する。

もしこんなところをメイドか誰かに見られたら、どんな噂を立てられるかわからない。

シンシアは、今度は少し強めにレスターを揺すった。レスターが呻く。

(よかった、起きていただけそう……あ……っ?)

レスターが、シンシアの腕を摑んだ。そのまま、力任せに引き寄せてくる。

抵抗などできるわけもなく、シンシアはレスターの腕の中に閉じ込められる。そして——くちづけられた。

「……!?」

薄い唇が、シンシアの柔らかな唇に押しつけられる。ぬくもりが伝わってきて、シンシアは大きく目を見開き、身を強張らせた。

レスターはシンシアに唇を押しつけたまま抱き寄せ、さらに引き寄せる。横たわったレスターの身体の上に、重なるように抱きしめられた。

唇が食《は》むように動いて、シンシアの唇を開かせてくる。湿った舌先が柔らかく押し込まれてきて、その初めて感じる感触に、シンシアの強張りが一気に解けた。

「……!!」

シンシアはくちづけから逃れようと、レスターの肩を押して身を起こそうとする。しかしレスターの片腕が腰にしっかりと絡みつき、もう片方の手が後頭部を押さえつけてきて、身動きが取れない。

レスターの舌は、さらに進んでくる。レスターの舌先がゆっくりと歯列をなぞってきて、その不思議とぞくぞくする感覚に、シンシアは驚いて口を開いてしまった。

レスターの舌が、奥に潜り込んでくる。

「……ふ……っ」

レスターの舌が、探るように口中を動いた。あっという間に舌を探られ、擦り合わされる。唾液で濡れた弾力ある感触を初めて感じ、衝撃に身が震えてしまう。レスターは自分の舌の感触を伝えるかのように、ぬるぬると擦りつけてきた。

ぬめった感触に、シンシアの身体からどんどん力が失われていく。レスターは舌を舐め合わせるようにしたあと、今度は甘嚙《が》みしてきた。

「……ふ、う……っ！」

少し刺激的な感覚に、シンシアの身体がびくりと跳ねた。

（……な、に……？）

レスターはシンシアの反応に気分をよくしたように、喉の奥で低い笑みをこもらせる。それはシンシアが知る、優しくて紳士的な彼とは違う不埒《ふらち》さだった。

（……もっと、野性的で……た、食べられてしまうような……）

レスターの舌の動きに、抵抗の力はついになくなってしまう。くたり、とレスターの胸の上に倒れ込むように覆い被さった。

力が抜けてしまえば、レスターのしたいままだ。舌の絡みつきから解放されたかと思ったが、今度は口中をかき回すように味わわれる。

歯列の裏側まで舌先で強く擦るように舐められ、頬の内側の柔らかい部分も軽くつつくように舐められた。

食事のときですら、自分の舌を口中でこんなふうには動かさない。隅々まで舌で探られると、身体の奥深くまで暴かれるようだ。

「……ふ……っ」

無意識のうちに、鼻先から甘い吐息が漏れてしまう。声は出ないが、この吐息だけでもひどくはしたなく思えた。……本当にこれは、自分のものなのだろうか。

くちづけが深くなればなるほど、甘味が増してきて唾液が溢れてくる。混じり合ったそれを、レスターが喉を鳴らして味わった。

すぐに、足りないというように、レスターはさらに深く唇を合わせてくる。飲み込まれるようにくちづけられて、シンシアの呼吸が苦しくなった。

シンシアはレスターのシャツの胸元を、きゅっと強く握りしめた。

「……ん、ふ……ふう……っ」

呼吸困難も加わったせいか、頭がくらくらしてくる。くちづけで人を殺すこともできるのかもしれないとさえ、思えてしまう。

(あ……私……もう……っ)

息苦しさと、身体の奥に感じる疼《うず》くような熱に、どうしたらいいのかわからない。何とか感覚を散らそうとしても、無理だった。

むしろすべての感覚が、くちづけに集中してしまう。

「……甘い、な……」

わずかに唇を離して、レスターが囁《ささや》く。唇を触れ合わせながらの囁きは低く、初めて聞く艶が含まれていた。その声に、背筋がゾクゾクしてくる。

レスターの瞳が、うっすらと開かれた。覗いた金茶の瞳に男の艶があって、シンシアの身の震えはますます強くなる。

レスターは後頭部を押さえていた手を、頬に移した。指先で、すり……っ、とひと撫でされるだけで、腰の奥に熱を伴った疼きのような快感が、生まれてくる。

「……っ」

(駄目、触らないで。おかしく、なってしまいそう……!)

「君は……ずいぶんと感じやすいようだ。触っただけなのに、こんなに震えて……」

レスターの口調は、いつもよりゆったりとしている。

「……とても、可愛い……」

再び、くちづけられる。レスターの唇は、また奥深くまで貪ってきた。

舌が絡むくちゅくちゅとしたかすかな水音が、耳に届いた。その音にも、身体の熱が高まってくる。

「ん……んく……っ」

混じり合った唾液を、シンシアも飲み込んでしまう。不思議と甘く感じられて、驚いた。

(私……どうなってしまうの……)

困惑の中に、期待にも似た感情がある。だがその先のことは、読んだことのある恋愛小説から得た程度の知識しかない。

しかしシンシアは、ハッと気づいた。

この行為は、想い合う恋人同士がすることだ。

(だ、駄目よ、いけないわ！)

シンシアは力が上手く入らない指で、レスターの腕を強く掴む。思いが伝わったのか――レスターが、目を瞠った。

金茶の瞳は、驚きに大きく見開かれている。そこに映り込む自分の顔は、瞳を潤ませ、濡れた唇から荒い呼吸を繰り返す淫《みだ》らなものに見えた。シンシアは羞恥に頬を染める。

レスターは身を強張らせて、シンシアを見返している。声が出ないため、シンシアも無言で彼を見返すしかない。

「……すまない！」

レスターが、弾かれるようにしてシンシアから離れる。それでも自分の上に乗ったシンシアの身体を突き飛ばしたりはせず、優しい仕草で脇にどけてくれる。そしてそのあと、すぐさまベッドから降りた。

ベッドに取り残されたシンシアは、膝をついたままでレスターを見返す。レスターは自分の口元を掌で覆い、少し青ざめた。

「すまない、寝ぼけた……」

（……寝ぼけ……？）

何だそれは、と怒っても、誰もシンシアを責めないだろう。だがレスターの顔はひどく申し訳なさそうなもので、シンシアの怒りも薄れてしまう。

寝ぼけてシンシアにくちづけをしてきたということは、恋人の夢でも見たのだろうか。

（恋人……いらっしゃるのかしら……）

つきん、と胸が小さく痛む。シンシアはそれに気づかないことにして、大きく息をついた。

乱れた呼吸も、もうだいぶ落ち着いた。シンシアは軽く手招きする。

レスターは少し躊躇ったものの、歩み寄ってくれる。シンシアが何をしようとしているのかはもうわかっていて、そっと片手を差し出してきた。

シンシアはその掌に言葉を記した。

『なかったことに、しましょう』

それが、一番いい方法だ。

突然唇を奪われたことでレスターを責め立てる権利がシンシアにはあるが、彼にはこれまでにとてもよくしてもらっている。一度だけの——しかも、本人の無意識と思われることで、責めたくはない。

『わざとじゃないって、わかりますから』

「いや、本当に……すまない」

シンシアはもう一度笑って、首を振った。それから肝心なことをまだ伝えていなかったことに気づき、慌てて続ける。

『レスターさまのおかげで、夢も見ずに眠れました。ありがとうございます』

「……いや、それならいい」

レスターは少しばかり気まずさを脱して、安心したように微笑んだ。

「俺は、一度部屋に戻って着替えてくる。朝食の席でまた会おう。本当にすまなかった」

シンシアが頷くと、レスターは部屋を出て行った。

閉ざされたドアを見つめたままで、シンシアは無意識のうちに自分の唇を指先で押さえていた。レスターからの激しいくちづけで、唇はしっとりと濡れて微熱を持っていた。

（あんなくちづけをされたのは……初めて……）

挨拶のものとは、ほど遠い。あれが恋人同士のするものなのだろうか。知識としては知っていても体験したことのないシンシアには、何とも衝撃的な出来事だった。

(寝ぼけてあんなことをされたというのは……やっぱり、恋人の夢を見ていたということかしら……)

そして相手を間違えて、シンシアにキスしてしまった。

たった数日では、レスターに恋人の気配は感じられなかったが、気になることはある。シンシアのために貸してくれた女性用のドレスだ。この屋敷には、メイド以外に女性はいないのに。

サイズが微妙に合わなかったが、急場をしのぐ着替えとしては充分だった。ドレスのデザインとサイズからして、自分と同じように年頃の女性用と思われる。

(レスターさまには、恋人がいらっしゃる……？)

その可能性に、胸がまたツキンと痛んだ。

シンシアはそんな自分に驚いて、うろたえてしまう。何故、ショックを受けるのだろう。

「シンシアさま、おはようございます」

メイドの声が、扉の向こうから聞こえてきた。思案にふけっていたシンシアはハッと我に返り、慌てて呼び鈴を鳴らす。入室を許可したときは、この鈴を鳴らすことになっていた。

ほどなくして、ドアが開く。二人のメイドはシンシアに挨拶したあと、身支度を手伝うために歩み寄ってくる。そしてシンシアの顔を見るなり、二人揃って心配そうに言ってきた。

「シンシアさま、どうかされましたか？　お顔が真っ赤ですわ」

その理由を教える気にはとてもなれず、シンシアは赤くなった顔を俯かせるだけだった。


朝食のあと、シンシアはメイドたちの提案を受けて、薔薇の花摘《はなつ》みをすることにした。

別邸とはいえ王族の者たちがいつやって来てもいいように、この屋敷も庭も、丁寧に手入れされている。やはり庭に咲く花に薔薇は欠かせないもので、この庭にも薔薇だけが植えられているところがあった。

花を摘んで、花びらを引き抜いていく。今夜はこの花びらを使って、薔薇風呂にすることになった。他にも薔薇のジャムを作ってくれることになっている。

シンシアの声は相変わらず出ないままだったが、メイドたちは頷いたり首を振ったりするだけの答えで間に合うように話しかけてくれる。またシンシアが退屈しないよう、楽しい話をしてくれていた。声は出ないながらも笑い声を時折立てるほどだ。

レスターの教育が行き届いているのかとても気配りの上手い彼女たちは、相当に優秀なメイドたちだった。

籠《かご》の中を、ピンクと赤の薔薇の花びらが満たしていく。これを入れる薔薇風呂のことを想像すると、今からとても楽しくなった。

「これだけの薔薇を使ってますもの、今夜のシンシアさまはふんわり薔薇の香りですわ！」

「そうですわ。薔薇でできた美容液もございます。せっかくですから、それも使いましょう」

メイドたちが次々と同意する。身分の違いはあれども、やはり女同士だ。そういうことにはとても興味がある。

「お肌がしっとりつるつるになるそうですわ」

シンシアも、とても興味があった。思わずメイドたちの方へと身を乗り出して、聞き入ってしまう。シンシアの様子に、彼女たちは微笑ましげに笑った。

「あら、でも……シンシアさまに今更そんなお手入れは必要ないかもしれませんね」

「ええ、そうかも……！　シンシアさまのお肌、とっても綺麗ですもの」

自分では特に意識したことがないため、シンシアはきょとんと目を丸くしてしまう。メイドたちは薔薇の花びら摘みの手を休めて、続けた。

「この見事な金髪、宝石のような蒼の瞳！」

「肌は白くてきめ細かくて、スタイルも素敵！」

「私たち、お着替えをお手伝いさせていただくとき、いつも見惚《みと》れてますの！」

お世辞ではないようで、メイドたちは言葉通りうっとりとシンシアを見つめてくる。嬉しいがどうにも行きすぎた誉め言葉にしか思えず、シンシアはそんなことはないと、慌てて首を振った。

「まあ、ご謙遜《けんそん》を！　殿下だってシンシアさまのことを、とても素敵なご令嬢だとおっしゃっていましたわ」

に。

　そんなことをレスターが言っていたとは、知らなかった。シンシアは思わず頬を赤くしてしまう。これまでのレスターが自分に向ける仕草は、可愛い妹に対するようなものだったのに。

　シンシアの照れた様子は、メイドたちの女心をくすぐったらしい。彼女たちは声を潜めて、シンシアに問いかけた。

「それで、シンシアさまはいかがですの？」

（え……!?　な、何が!?）

　こういうときはわざわざ声にしなくとも、何となく伝えたいことは伝わっていくらしい。メイドたちは何故か期待を込めた目で見つめてくる。

「勿論、レスターさまとのことですわ！　レスターさまったら、宝物を扱うようにシンシアさまを大切になさっていて……悪い夢を見ないようにご一緒に眠ってくださるなんて……!!」

「でもシンシアさまには何もなさらないのでしょう？　さすがレスターさまだわ、とても紳士的！」

　確かにレスターは、寝ぼけた一度きりしかシンシアにくちづけてはこなかった。そうでなければいくら安心するからといって、一緒に眠ることなどできない。……だがこれは、メイドたちにずいぶん誤解されているのではないだろうか。

（え……？）

（私とレスターさまが、恋人同士だって）

違うから!!　とシンシアは想いを込めて、首を振る。だがメイドたちは楽しげに笑うばかりで、シンシアのことをまったく信じていない。

このままでは誤解を受けたままになってしまうと焦ったとき、薔薇園の入口からレスターの声が上がった。

「ここにいたのか、シンシア」

（――レ、レスターさまっ!!）

こんな状況で当人が突然姿を現すと、ひどく焦ってしまう。メイドたちは再び薔薇の花びらを摘む作業に戻ったが、こちらの様子を窺っているのは明らかだ。

シンシアは慌てて立ち上がり、レスターのもとに行こうとする。とにかくレスターをメイドたちの視界に入らないところに連れて行かなければ。

だがレスターの方が、速い。大きな歩幅であっという間にシンシアの傍にやって来る。メイドたちが一度手を休めて、レスターに礼をした。

「すごい薔薇の量だな。何に使うんだ？」

シンシアが願う前に、レスターは掌をこちらに差し出している。シンシアもまた当然のように手を上げ、指で言葉を綴った。

掌での会話はもうシンシアとレスターにとって、当たり前のことになっている。メイドたちが何やらひそひそと楽しげに話していたが、こちらに声までは聞こえない。

『今夜は薔薇のお風呂にしましょうって』

「なるほど。確かにこれだけの量があれば充分だな」

『それに花びらを摘んでいると薔薇の香りが移ったみたいに感じられて、気持ちいいんです』

「香りが？」

するとレスターが、少し顔を近づけてきた。掌での筆談の最中だったため、髪の香りを味わうような近さだ。今更ながらにレスターとの近すぎる距離感に気づいて、ドキリとする。

「うん……いい香りだ」

レスターの体温すら感じてしまいそうな距離に、シンシアは慌てた。メイドたちが興味津々にこちらを窺っている様子が伝わってくるから、余計だ。

レスターはしばし薔薇の香りを味わったあと、当初の目的を思い出したように身を離した。

「そうだ、シンシア。これをあげよう」

小脇に抱えていた包みを、レスターが渡してくれる。

シンシアが両手に抱えられるほどの大きめの包みだ。箱は綺麗にラッピングされていて、プレゼント仕様だとすぐにわかる。プレゼントをもらえることにシンシアは瞳を輝かせたが、箱の大きさにふと疑問を抱いてしまう。

（大きい……ような……）

年頃の男性が、同じく年頃の女性にプレゼントしてくれるもの——おそらくアクセサリーや帽子やストール、手袋などを予想してみたのだが、どうにも大きさが当てはまらない。

いったいこれは何が入っている箱だろう。

ひとまず受け取ってから、戸惑いの目を向ける。レスターは優しく微笑みかけた。

「今朝の、お詫びだ」

レスターに詫びてもらうようなことなど、あっただろうか。内心で小首を傾げてしまったが、すぐにあのくちづけのことを思い出して赤くなる。

『き、気にされなくてもよかったのに……!!』

「シンシアは優しいからそう言ってくれるけどな。俺の中でのけじめだ。よかったらもらって欲しい」

こんなふうに真摯《しんし》に言われたら、断れない。それにレスターが気を遣って自分に何かをプレゼントしてくれることが、嬉しかった。

プレゼントを持っているために筆談ができなかったため、シンシアは視線で開けてもいいかと問いかける。レスターはすぐに頷いてくれた。

「君のために用意したものだ。どうぞ」

サテンのリボンをほどき、薄紙をはがす。メイドの一人がシンシアの傍に歩み寄り、それらを受け取った。

現れたのは、肌触りがとてもよく、触れたらぎゅっと抱きつかずにはいられなくなるような可愛らしいテディベアだった。

メイドたちは期待はずれの物体に、残念そうにレスターを見る。シンシアも意外すぎて、目を丸くしてしまった。……年頃の女性にプレゼントするものとして、これはずいぶんと子供っぽいのではないか。

『あ、あの……レスターさま……これ……』

「可愛いだろう？　こういうのがシンシアは好きだろうと思って選んできた。何より手触りがいい。抱きつきがいがあるんだ」

レスターがテディベアを優しく持ち上げて、シンシアの頬にキスをさせるように押し当てる。ふんわりとした感触は、確かに気持ちがいい。シンシアはレスターの言う通り、思わず抱きついている。

(気持ちいい……!!)

満面の笑みで抱きついたあと、シンシアはハッとする。子供っぽかったかもしれないと赤くなるが、レスターは嬉しそうだ。

「気に入ってもらえたか？」

テディベアを抱きしめたまま、こくこくとシンシアは笑顔で頷く。メイドたちが再び大きくため息をついた。

「レスターさま……残念ですわ。こんなことでは女性の心を掴むなど、とうてい難しいですわよ。レイフォードの教育は、どうなっているんでしょう」

メイドの中で一番年長の彼女が、軽く首を振りながら言ってくる。レスターはひどく不思議そうな顔をした。

「待て、何故だ？　シンシアは喜んでくれているぞ」

「年頃のご令嬢に、テディベアだなんて……。シンシアさまはお年頃なんですもの、もっと……そうですわね、たとえばアクセサリーとか……。シンシアさまはレスターさまの妹ではないのですから」

（い、妹……っ）

それはつまり、自分が一人の女性として見られていなかった、ということだろうか。何だか妙に心が沈んでしまう。

（……待って！　私が落ち込むことはないはずだわ……っ）

シンシアは内心で首を振り、取りなすように笑いかけたが、レスターの方は何やら思い詰めた表情になっている。もしかして、自分と恋人同士に見られることが嫌なのだろうかと、心配になってくる。

声が出ないため、シンシアはじっとレスターを見つめるしかない。

レスターはシンシアを見つめながらも、遠い目をしていた。ここにいるシンシアではなく、シンシアを透かして誰か別の者を見ているかのようだ。

（誰、を……？）

「そうか……そうだな」

一人で何かに思い至ったのか、レスターはそんなふうに呟きながらシンシアの頬に手を伸ばす。指がつ……っと頬の丸みを撫でてきて、背筋が震えた。

「君は、俺の『妹』ではないな……」

何を当たり前のことを今更言うのだろう。シンシアはレスターの様子が少しおかしく見えて、心配になってしまう。

声が出ないことを忘れて、話しかけてしまったほどだ。

『レスターさま、大丈夫ですか？』

唇の動きと表情で、何を言っているのかわかったようだ。レスターはシンシアから手を離し、安心させるように笑いかける。……もうそのときには、レスターはいつもの笑顔に戻っていた。

何かレスターが抱えている痛みを見つけたような気がしたのに、何も摑めないまままいつもの距離になってしまう。それが、シンシアには寂しかった。

(私……レスターさまのこと、もっと知りたい……)

どうしてそんな願いを抱くのか。……何となくわかっているけれど、自覚するのは怖い。

レスターには、恋人がいるかもしれないのだ。

彼に想う人がいるのならば、邪魔をしたくはない。自分の想いに気づかなければ、今のままで終われる。

「大丈夫だ。少し、思い出したことがあっただけだ」

『……何を、思い出されたんですか？』

レスターはシンシアに淡い笑みを見せる。本能的にごまかされると感じられたが、根拠がないために何も言えない。

「君が、年頃のレディだということさ。いくら君のためとはいえ、一緒に眠るのは行きすぎだった。すまない」

「……っ」

当然のことを言われただけなのに、何故かひどく胸が痛む。その痛みのせいで、すぐには答えられない。

(どうして……だって、当たり前のことなのに……)

「今夜は、そのテディベアが一緒に眠ってくれる。大丈夫だろう」

諭《さと》すように言われてしまっては、頷くしかない。シンシアが目に見えてしょんぼりと肩を落としてしまったことに気を遣って、メイドたちが控えめながらも進言した。

「あの、レスターさま……そんなにきっぱりされなくても……シンシアさまとはご結婚されてもおかしくはないんですから」

「いや、こういうのはシンシアにとって負担になる。好きでもない男の妻になることはない。君は自由に相手を選べるんだ。そこに、俺が手垢を付けるようなことをしてはいけない。申し訳なかった」

シンシアは首を振る。レスターの言葉は紳士としてとても気遣いに満ちていて、だからこそ拒めない。

『レスターさまのお気遣い、感謝します』

それ以外にシンシアが言えることはない。自分でも思う以上にショックを受けてしまっていることをこれ以上知られたくはなくて、シンシアはテディベアを抱いて身を翻《ひるがえ》した。

「シンシアさま、どうされましたの!?」

シンシアは一度足を止め、テディベアをレスターたちに見せた。

「ああ……テディベアを部屋に置いてくるようだ」

レスターがシンシアの意図に気づいて、メイドたちに言ってくれる。シンシアは自室に向かいながら、テディベアをぎゅっと抱きしめた。

……レスターはこんなにも、自分のことをわかってくれるのに。

(でもレスターさまは、恋人でない女性に対して、適切な距離を保ってくれているだけ)

だから、寂しいなどと思ってはいけない。これが自分たちのふさわしい距離なのだ。

朝食の時間をレスターと過ごすことにも、まったく違和感がなくなってきた。

シンシアは朝食後の茶を飲みながら、ふとあることに気づく。……レスターがこの屋敷を離れたのは、アディンドン公爵のところに行ったときと、シンシアへのテディベアを買いに行ったときだけのようだ。

旅から帰ってきたことをまだ公《おおやけ》にしていなくとも、国王の補佐としての仕事はあるはずだ。兄弟仲はとてもいいと、この国の民たちは知っている。国王のもとに行かなくていいのかと、今更ながらに心配になってしまった。

レスターはシンシアの隣の――すぐ手が届く席で、新聞を読んでいる。文字を追いかける横顔は理知的で、思わず見惚れてしまう。

シンシアの視線に気づいたレスターが、すぐに紙面からこちらへと目を向けた。

「どうかしたか?」

シンシアは慌てて首を振り、手を伸ばす。もう阿吽《あうん》の呼吸でレスターが差し出してくれた掌に、指を滑らせた。

『今更こんなことを聞くのはおかしいかもしれませんが……レスターさまはずっとここにいて、私に構っていても大丈夫なんでしょうか』

「うん? 何を心配してる?」

『陛下は、レスターさまのお力を必要とされているのではないかと』

(あ……)

レスターの手が、シンシアの手をそっと握りしめる。包み込むように握り込まれて、鼓動が震えた。

「今、優先しなければいけないのは、君の方だ。早く声が出るようにならないと、不便だろう?」

レスターの優しさはとても嬉しいのに、何故か胸にもやもやした気持ちも生まれた。それは単に自分がアディンドン公爵の娘で、結婚の口約束が持ち上がった相手だから、気を遣っているだけなのでは？　――と。

（私……嫌なことを、考えてるわ）

レスターの優しさを、素直に受け止められない自分がいる。それが嫌で、シンシアは彼に気づかれないよう、笑った。

『ありがとうございます、レスターさま。とても心強いです』

「……シンシア？　どうかしたのか？」

笑顔が自然でないことをあっさりと看破《かんぱ》されて、シンシアは内心で慌てる。どうして見抜かれてしまったのかとうろたえたとき、レイフォードが遠慮がちに部屋に入ってきた。

「殿下、陛下から親書が届いております。今少し、よろしいでしょうか」

シンシアはレスターの肩を軽く押す。行ってくださいと思いを込めれば、心配そうな顔をしながらも、レスターは立ち上がった。

シンシアはレスターが扉の奥に消えるまで見送ってから、小さく息をつく。メイドの一人がシンシアの傍に歩み寄り、ティーポットを持ち上げた。

「お茶のおかわりはいかがでしょう？」

笑顔で頷いて返事をすると、彼女は手早く丁寧に茶をいれてくれる。

この屋敷の使用人たちは、皆シンシアに親切で話しやすい。今、シンシアの傍にいる彼女は、年頃も自分と近かった。

だから、聞いてみようと思えたのかもしれない。

「……」

どう呼び止めればいいのかわからず、とっさにメイドのエプロンの裾をつまむ。メイドの彼女は少し驚いたようにこちらを見返したが、シンシアのもの言いたげな顔を見ると、エプロンのポケットから小さく切り揃えた紙片を取り出した。

一緒に、細く削って整えた木炭も出てくる。それを、シンシアに差し出した。

「どうぞお使いください。レスターさまに言われて、ご用意してあります」

（い、いつの間に……）

用意周到なレスターに感嘆しつつも、シンシアは早速筆記具を使った。なのにレスターは相変わらず掌での筆談を好むのだから、不思議だ。

微妙に間が空きながらの会話だったが、ひとまず不自由はしない。

『あの……レスターさまには恋人はいらっしゃらないの？』

「はい、おりません」

きっぱりと、彼女は言う。……嘘をついているようには見えなかった。

「この屋敷にいるメイドたちは、レスターさまの旅にも同行した者たちがほとんどです。私もご一緒させていただきました。レスターさまの恋人になられた方は、いらっしゃいません」

『恋人にならなくても、想いを寄せている方や大切な女性とか……そういう方はいらっしゃらないのかしら？』

「そういう方なら……そうですね、お一人、でしょうか」

ドキンっとシンシアの心臓が大きく跳ねる。まさかこんなところで核心に迫れてしまうなんて。

『あ、あなたはその方のことを、知ってる？』

文字が、かすかに乱れる。メイドはそれには気づいておらず、懐かしそうに笑った。

「はい。ご一緒にこのお屋敷にも何度か来られたことがあります。私もそのとき、お世話させていただきました」

「……!?」

別荘代わりの屋敷とはいえ、王弟のレスターとここで過ごしたことがある女性ならば、間違いなく彼の大切な人だろう。恋人でないということはレスターの片想いなのか、あるいは身分の差があるのか。

（……待って。もしかして私、その人との邪魔をしてるんじゃ……）

『その方は……あの、私のことをなんて……？』

「何もおっしゃることはありません。……もう、お亡くなりになってますから」

彼女は少し困ったように笑う。新たな衝撃にシンシアは息を呑み、目を瞠った。

もうこの世にはいなくなってしまった人を、レスターは大切に想い続けているのだろうか。

（じゃあ、あのとき寝ぼけて私にキスをしたのは……）

その大切な人のことを夢見ていたからではないか。そう思うと、シンシアは鉛《なまり》を飲み込んでしまったかのような胸の重苦しさを覚える。

青ざめて俯いたシンシアを、メイドは焦って見返した。

「シンシアさま!? ご気分でも……」

『いいえ、大丈夫。平気よ』

シンシアはこれ以上騒がれないように、笑顔を浮かべた。少しぎこちない笑みだったが、一応メイドは安堵の息をついてくれる。

『部屋に戻るわ』

紙片と木片を返して、シンシアは自室に戻る。

朝食をとっている間に綺麗にベッドメイキングされた枕元には、金色のテディベアが座っている。シンシアは近づいて、抱きしめた。

(そう……レスターさまには、大切に想う方がいらっしゃるんだ……)

テディベアに頬を押しつけていると、目元が何だか熱くなってきた。泣きたい気持ちに驚いて——けれども、自覚するしかなかった。

(私……レスターさまのことが、好き……)

「シンシア、何か元気がないようだが」

「……っ」

その日の夕食のあと、食後の茶を飲んでいたときにレスターに問いかけられた。シンシアはドキリと鼓動を震わせて、レスターを見返した。

レスターは銀のトレイにのせられたいくつかの手紙の封を切り、内容を確認していた。シンシアはレスターの邪魔をしないように、おとなしく傍に座って茶を飲んでいたところだ。……それなら自室に戻ればいいのだが、何となくレスターの傍を離れるのは寂しくて、文句を言われないことを幸い、ここに留まっていた。

手紙の確認をしているため、二人の間に筆談の会話はない。だが沈黙は決して重苦しくなく、居心地がいいものだ。

だがその静けさが、レスターの恋人のことをあれこれ考えさせてしまう。その顔が、レスターを心配させたらしい。

シンシアは慌ててレスターに何でもないと笑いかける。しかしレスターは難しい表情で、じっとシンシアを見返した。

自分の嘘やごまかしがあっという間に見抜かれてしまいそうで、シンシアは焦って俯く。レスターはいつだって、シンシアの気持ちに鋭い。数日しか一緒にいないのに、シンシアは声の出ない不便さをほとんど感じなかった。

レスターがシンシアの視線一つにも気を配ってくれ、気持ちを汲み取ってくれていたからだ。

カップの中の琥珀色《こはくいろ》の液体を、シンシアは見下ろした。そこに映る自分の顔は、どこか泣きそうな顔になっている。これでは確かにレスターに心配されてしまう。

（いけない……余計な心配をさせてしまうわ……）

シンシアは茶の水面を鏡代わりにして、笑顔の練習をしてしまう。俯いているから気づかれないと思ったのだが、レスターはこちらをじっと見つめていたままでそれに気づいていた。

「メイドたちも、君が元気がないようだと心配していた。何かあったのか？」

（レスターさまの恋人が気になります、なんて、聞けるわけがないわ）

ようやく、思った通りの笑顔を浮かべることができた。シンシアは顔を上げ、改めて笑いかけながらレスターに手を伸ばす。

もう何も言わなくても、レスターの掌は差し出される。シンシアはそこに指を滑らせた。

『何も、ありません。ただ相変わらず声が出なくて……だから、少し気落ちしてしまっているんだと思います。ご心配をおかけして、申し訳ありません』

この答えならば、レスターも納得してくれるだろう。果たしてシンシアの願い通り、レスターは何も言わずにこちらを見返すだけだ。

追及を逃れることができて、シンシアはほっと息をつく。だがそのとき、レスターが筆談する手を握りしめてきた。

大きな掌で包み込むように握られて、シンシアの鼓動が大きく跳ね上がる。好きだと自覚してしまったからか、それだけでもシンシアには衝撃だ。

衝動的に手を引こうとするが、できない。大して力を込めているようには見えないのに、外れなかった。

「シンシア。本当だな?」

金茶の瞳が、突き刺すように真剣にこちらを見てくる。声が出ない代わりに、シンシアはこくこくと何度も頷いた。

しかし、レスターはすぐには納得しない。疑わしげに、シンシアを見つめてくる。

『本当に……それだけです』

「シンシア、俺は君に余計な気遣いをして欲しくない。思うままに言ってくれないと」

レスターがもう片方の手を伸ばして、頬に触れる。そして、笑みを消した。

「無理矢理聞き出す真似はしたくない」

一瞬レスターの本気が見えたような気がして、小さく息を呑む。だがシンシアは、もう一度はっきりと頷いた。

レスターが諦めたようにため息をつき、ようやく手を離してくれる。

「まったく君は……脅しても駄目か。他人に気を遣いすぎだぞ」

『そ、それはレスターさまです』

レスターが笑う。シンシアはレスターが触れた手を自分の胸元に引き寄せ、もう片方の手で抱きしめるように包み込んだ。

(大きくて、温かい……)

読みかけだった手紙に最後まで目を通し終えてたたむと、レスターがいつも通りの口調で言った。

「シンシア、明日、時間はあるか？」

勿論、有り余るほどだ。それでもこちらの都合を聞いてくれるのは嬉しい。シンシアは笑顔で頷く。

レスターも、笑みを返した。

「気晴らしに出掛けよう。もしかしたら、屋敷にずっと閉じこもっているのもよくないのかもしれない」

『お出掛け？　どこにですか？』

自分の今の状態を考えると、あまり人が多いところには行きたくない。レスターはそんなシンシアの気持ちを、的確に受け止めてくれる。

「屋敷の近くに、森があるだろう？　そこにピクニックはどうだ？」

『素敵……!!』

自分の領地内だ。どの森なのかは、すぐにわかる。

レスターの提案に、シンシアは満面の笑みで頷いた。

「では、そうしよう。メイドたちにランチボックスを作ってもらうから、何か食べたいものはあるか？」

シンシアは少し考えたあと、続けた。

『シナモンのたっぷり効いたアップルパイ』

「……ふ……っ」

レスターが思わずといったふうに、小さく笑みを漏らす。

(子、子供っぽかったかしら……っ)

前言撤回をしたいが、出てしまった言葉は戻らない。レスターはクスクスと笑いながら続けた。

「元気が出たみたいでよかった。俺は甘いものは苦手な方だが、アップルパイなら食べられる。楽しみにしておこう」

『アップルパイは？　他のものは駄目なんですか？』

「一口食べればもう充分だな。アップルパイはエミリーがよく作って食べさせてくれたものだから、口が慣れたのかもしれない」

(エミリー？)

レスターの口から出た知らない名に、シンシアは身を強張らせる。だがレスターの方は、その名がこぼれたことに気づいていない。それだけ、彼の唇になじんでいるということか。

(もしかして……それがレスターさまの、想う方……？)

胸が痛んで、また泣きそうな顔になりそうだ。シンシアはその顔を見られないように、席を立つ。

『寝坊しないように、早めに休みます。おやすみなさい、レスターさま。明日のピクニック、楽しみにしています』

（エミリーってどんな方なのかしら……）

あのときのメイドに聞いたら、教えてくれるかもしれない。だが、知るのが怖くもあった。死してても大切に想っている人。社交界でレスターの恋愛関連の噂を聞かなかったのは、そのせいなのか。

まだ憶測の域を出ないが、その通りだったら——こんなふうにレスターの傍にはいられなくなる。レスターの傍にいたいから、知りたくない。

自分でも嫌な子だ、と思う。こんな自分を知ったら、レスターはどう思うだろう。シンシアはテディベアを抱きしめた。

頬に触れる感触がとても心地よくて、涙が出た。


メイドが用意してくれたバスケットを持って、シンシアはレスターと出掛ける。てっきり歩いていくのかと思ったが、レスターは栗毛の馬を用意してくれた。……といっても、シンシアは乗馬用の服を自邸からは取り寄せていない。

レスターは困ってしまったシンシアの身体を抱き上げて馬に横向きに座らせると、自分はその後ろに乗る。手綱を掴む腕で囲われてレスターの身体を近くに感じ、これでは抱きしめられているようで、シンシアはバスケットを強く抱きしめてしまった。……壊れなくてよかったと、あとになってから思う。

レイフォードとメイドたちに見送られて、レスターは馬を走らせた。急ぐものではなく、景色を楽しむのんびりしたものだ。

密着度合いにドキドキしていたシンシアだったが、レスターが普段通りであることと目に映る緑豊かな景色や気持ちのいい風のおかげで、落ち着いてくる。行き過ぎる風に長い金髪を揺らしながら、シンシアは景色を楽しんだ。

抜けるような蒼天《そうてん》は気持ちがいい。森へ続けば木漏れ日が美しく、緑を彩《いろど》っている。時折聞こえる鳥のさえずりも耳に心地よくて、シンシアの心を優しく解してくれた。

（気持ちいい）

空気を深く吸い込むと、身体の内側が浄化されるようだ。レスターが、シンシアの頭上で気持ちよさげに言う。

「天気がいいから、清々《すがすが》しいな」

こくこくと勢いよく頷くと、レスターは笑う。細められた目元に、甘さが滲んだ。

「やっぱり外に出てよかったな。顔色がいい」

気遣いの言葉に、きゅんっと胸がときめいてしまう。見返せば、あと少し首を伸ばすかレスターが俯けばくちづけも可能な近さだということに気づき、シンシアは赤くなって俯いた。

レスターは苦笑すると、少しシンシアから身を離した。

（誤解、させてしまったかしら……）

恥ずかしいだけで、触れられることが嫌なわけではないのに。

「シンシア、寒くないか？」

漂った少し気まずい空気を、レスターは優しく取り除いてくれる。シンシアはそれに甘えて、首を振った。

しばらく馬上から、森の道を楽しむ。掌の筆談で問題なく会話は進んで、シンシアは笑顔が絶えない。

しばらくしてレスターが、周囲を見回していた瞳をふと厳しく引きしめた。これだけ近いからこそわかる、ほんのわずかな変化だ。

シンシアが問いかけるように見上げると、レスターはすぐにいつもの優しい笑みを浮かべる。

（何でも……なかったのかしら）

森の一角に少し開けた場所を見つけ、休憩場所にする。シンシアにはバスケットの番人を任せて、レスターは持ってきた布を敷いてくれる。

シンシアが何か手伝いたくて視線をさまよわせていると、レスターは小さく笑って言った。

「バスケットの中に、人参があるだろう？　その子に食べさせてやってくれ」

馬に人参を与えたことなどないが、レスターを手伝いたい気持ちが勇気を出させる。シンシアは少し震える手で、人参を馬の鼻先にそっと差し出した。

黒目がちの目でシンシアをじっと見つめながら、馬は優しく人参をくわえて咀嚼《そしやく》する。

（食べた……っ！）

美味しそうに食べてくれるのを見ると、嬉しくなる。シンシアは馬への戸惑いを一気に消して、鼻面に抱きついた。

撫でてやると、馬は気持ちよさそうな顔をしてくれる。

「仲良くなったのか？」

布を敷き終えたレスターに問われ、シンシアは頷いて彼のもとに戻る。

バスケットの中身を取り出して並べれば、森の中でのティーパーティだ。森の穏やかな静けさと二人きりという気安さが、とても居心地がいい。

シナモンのたっぷり入ったアップルパイも入っていて、それがシンシアの胸を小さく痛める。だがアップルパイ自体はとても美味しくて、食べずにいることは難しかった。

『とても、美味しいわ……!!』

「ああ、たまにはこういうところで食べるのも、いいのかもしれないな」

掌での筆談のため、相変わらず距離は近い。しかも今は、行儀よく椅子に座ってのものではなく、敷き布に座っている。寄り添う距離は、いつもよりも近かった。

頬にレスターの吐息が触れそうでドキドキするのに離れて欲しくはないから、シンシアは必死で平常心を保とうと頑張る。

そんなときのことだ。不意にレスターが表情を強張らせた。

「……？」

突然張り詰めた空気に、シンシアは目を見開く。だが、次の瞬間にはまたいつものレスターに戻っていた。

(レスターさま……どうされたんですか？)

瞳で問いかけながら、シンシアはレスターを見る。彼は甘く微笑むと——シンシアの方に身を寄せてきた。

「シンシア、パイが食べたい」

(……え……!?)

とてもレスターが言ったとは思えない要望だ。シンシアは驚きにぽかんとした表情で、レスターを見返す。

レスターはシンシアの方にさらに身を寄せて、肩を抱きしめてくる。レスターの膝の間に抱き寄せられ、シンシアの肩口が彼の胸に押しつけられるほどだ。

(……な、何を……っ)

突然親密な態度を取られて、シンシアはうろたえてしまう。レスターはシンシアにさらに身体をくっつけながら、アップルパイを食べている途中のフォークに触れた。

「ほら、これで食べさせてくれ」

(レ、レスターさま!?　い、いったい急にどうしてしまったの……!?)

恐慌状態に陥《おちい》ってしまうシンシアだが、間近で見られたレスターの瞳に魅入《みい》られてしまったかのように動けなくなる。

シンシアは戸惑いをなくせないながらも食べかけのアップルパイをフォークで切り崩し、レスターの口元に運ぶ。こちらをじっと――甘く見つめたままで、レスターは口を開いた。ドキドキしながら口の中に押し入れると、レスターは美味しそうに食べた。今度はレスターがフォークを取って、同じようにシンシアに食べさせてくれる。

「ほら、今度は君の番だ。口を開けてくれ」

(で、でも……っ)

レスターが、さらに笑みを甘くする。

「さあ、口を開けて」

妙に逆らえず、恥ずかしく思いながらもシンシアは口を開いた。アップルパイが押し込まれ、むぐむぐと口を動かす。レスターはシンシアの口元を、じっと見つめていた。

それも恥ずかしくて、シンシアはすぐに俯いてしまう。

レスターが何かに気づき、シンシアの口元に指を伸ばした。何をされるのかとビクリとしたシンシアに、レスターが笑った。

「パイがついているぞ」

(……え……っ)

そんな子供のようなまねを、と、シンシアは慌ててナプキンを取り、口元を拭こうとする。

レスターはそれよりも早くシンシアの顎に指を絡めて、顔を上向かせた。

「……すまない、シンシア。少し我慢してくれ」

シンシアだけにわかる低い声で囁いたあと、レスターが舌を出して口端についたパイ生地の欠片を舐め取った。……あまりにも予想外のことに、シンシアの身体は硬直する。

(な……何……何が……っ?)

レスターの金茶の瞳が、シンシアの驚きに見開かれた瞳を間近で見つめている。そこに、何か真剣な光が、きらめいた。

何だろうと深く考える間もない。レスターの唇が、直後にシンシアにくちづけてきた。

「……っ!?」

唇を押し開き、熱い舌を差し入れてくる。優しくて紳士的な彼からはとても想像しづらいほどに、荒々しく舌を搦《から》め捕《と》ってくるくちづけだ。

瞳が見開かれたのは一瞬で、すぐにきつく閉じられる。シンシアは抵抗もできないまま、レスターの唇の熱に身を委ねるしかない。

「……っ」

唾液を纏《まと》った舌がぬるぬると口中のあちこちに擦りつけられて、身体の奥に甘く痺れるような気持ちよさが生まれる。

レスターはシンシアの舌を搦め捕り、自分の方に引き出す。甘く噛まれて、身体が反射的にビクンッと跳ねた。シンシアは思わず、レスターのシャツの胸元を握りしめた。

アップルパイの皿が、シンシアの手から滑り落ちた。膝に落ちたとわかったが、どうすることもできない。

レスターが混じった唾液を啜《すす》り、わずかに唇を離して、熱い息をついた。

「……ああ……せっかくのアップルパイを、落としてしまったな……」

（ご、ごめん、なさい……）

思わず、唇をそう動かしている。レスターは優しくシンシアの前髪を掌で撫で上げた。

「君が謝ることはない。ピクニックは確かに中止になるが、それは君のせいではなく――あいつらのせいなんだからな」

何を言っているのかさっぱりわからず、シンシアは茫然としてしまう。レスターの腕が直後にシンシアの身体を敷き布に押し倒した。

「――伏せていろ！」

視線だけ上げれば、何か黒いものがレスターに走り込んできていた。黒い服に黒い布地を目だけ出して顔に巻きつけた男は、片手に短剣を持っている。

キラリ、と木漏れ日の光を受けて、刃が美しく光る。それを見て、シンシアは大きく目を瞠った。

（まさか、レスターさまを狙って……!?）

シンシアは声にならない悲鳴を上げてしまう。

レスターは特に慌てることなく、持っていたままだったフォークを鋭く投げつけた。突進しながら、男は短剣で弾く。

レスターはすぐさま今度はナイフを取り上げて、間近までやって来た男の手を切りつけた。

男の短剣が、ナイフを受け止める。

二人の距離が、鼻先数センチまで近づいた。

「あなたは、ターゲットではない」

「……そうだろうな」

刃を交わしているにもかかわらずわけのわからないやり取りに、シンシアは困惑する。レスターがのしかかられるような格好から片脚を上げて、男の腹を蹴りつけた
容赦のない蹴りをまともに食らい、男が近くの木の幹に叩きつけられる。だがそれが陽動《ようどう》だと気づいたのは、頭上の枝からもう一人男が降りてきたからだった。

シンシアとレスターの間に、男は降り立つ。背後からレスターが狙われると思った直後に、シンシアは叫んでいた。

「――レスターさま！　後ろです!!」

レスターが、振り返る。だが男はレスターにではなく、シンシアに向かって刃を振り下ろしてきた。

(私……!?)

予想外の凶刃《きょうじん》に、シンシアの身体は動かない。レスターが動き、男の首筋に後ろから鋭く手刀《しゅとう》を撃ち込んだ。

男が大きく目を見開き、一気に崩れ落ちる。それ以外に、新たな敵がやって来る気配はなかった。シンシアはへなへなとその場に座り込む。

途中だった食事の上に落ちてくれたため、敷き布の上はぐちゃぐちゃだ。頭の隅で片づけるのが大変だと思いつつも、シンシアは動けずにいる。

レスターが、血相を変えて傍に走り寄った。

「大丈夫か、シンシア！　どこか怪我でもしたのか!?」

「……い、いいえ……大丈夫、です……」

まだ茫然とした顔のままで、シンシアは頷いた。レスターは安堵の息をついたあと、シンシアの肩をぐっと強く摑む。指が皮膚に食い込んでくるかのような痛みに、ようやくシンシアの頭もはっきりしてきた。

改めて見返せば、レスターがひどく怖い顔をしてシンシアを睨みつけていた。背筋に冷たいものを感じる鋭さだ。

「レ、レスター……さま……？」

「今、俺を助けようとしたな？」

「あ……は、はい。この男がレスターさまを狙っているのかと思ったので……」

レスターに怪我などしてもらいたくなかったから、とっさに身体が動いた。頭で考えて動けたわけではない。

シンシアの答えを聞くと、レスターの瞳の厳しさはますます強くなった。軽く息を吸い込んだあと、レスターは一気に怒鳴りつける。

「――二度とするな！　いいな!!」

「……え……っ」

初めて聞く怒声に、シンシアはひどく驚いて硬直する。こんなふうに叱りつけられる理由が、さっぱりわからない。

「俺のために、君が怪我でもしたらどうするんだ！　こういうことは二度とするな！」

まるで過去に同じような経験でもしたような物言いだ。だがシンシアはレスターに怒鳴られたショックの方が強く、気づけない。

「私……っ」

何を言えばいいのかわからなくて、シンシアは口元を押さえて俯く。色々な衝撃が続いているため、ぽろぽろと涙がこぼれた。

「すみま、せ……」

レスターが腕を伸ばして、シンシアを抱きしめた。今度は優しく包み込まれ、背中をあやすように軽く叩かれる。そうしながらレスターはシンシアの髪に頰を埋めて、心から安堵の声で言った。

「無事で、よかった……」

「……ふ……っ」

このままだと、大声で泣いてしまいそうだ。レスターはシンシアの頰を優しく包み込み、こちらをそっと仰がせる。

「それに……声、出るようになったんだな」

「え……あっ」

言われてようやくシンシアは自分の声が戻ったことに気づき、改めて片手で口元を押さえる。襲われたことにばかり意識が向いてしまって、気づけなかった。

「私……レスターさまが危ないってお伝えしたくて……それだけで……」

レスターが、嬉しそうに笑った。

「そうか、俺のためか。俺のために頑張ってくれたんだな。ありがとう」

確かにその通りなのだが、改めて言われると恥ずかしい。シンシアは頬を赤く染めて、身を縮めた。そしてふと、右の二の腕辺りに裂け目ができていることに気づく。

慌てて見れば、浅い傷が走っている。先ほどの男とのやり取りで、怪我をしたのだろう。

「レスターさま、お怪我を……！」

「ああ……大したことはない。俺は君と違って鍛えているから」

「でも……っ」

シンシアはスカートのポケットからハンカチを取り出し、傷口に押し当てる。レスターが優しく笑った。

「ありがとう」

「……い、いえ……でも、何かあってからではいけません。すぐに手当てをさせてください」

そこまで言われたら、レスターも反論できないようだ。仕方なさそうなため息をついて、レスターは頷く。

「わかった。では、お願いしようかな。……レイフォード」

レスターが、ここにはいないはずの部下の名を呼んだ。自分たちから少し離れた茂みががさりと揺れ、そこからレイフォードが姿を現す。

しかもレイフォードだけではなく、他の茂みからも――シンシアたちの周囲を取り囲むかのように、数人の男たちが姿を現した。……おそらく、レスターの部下だろう。

「あとは任せた」

「はい、畏まりました」

レスターの命を受けて、レイフォードが頷く。レスターはシンシアを抱き上げた。

「ひ……一人で歩けます……！」

「駄目だ。また何か無茶をされたらたまらない」

「で、でも、レスターさまの方が怪我をされているのに……」

「言うことを聞いてくれないと……そうだな。またあんなふうなキスをするぞ」

怖いくらい真剣な瞳で言われ、冗談ではないことを思い知らされる。シンシアはこくこくと頷くしかなかった。

馬のところまで行き、乗せてくれる。行きと同じく、抱きしめられるような体勢だ。

「あ、あの、レスターさま……レイフォードさんたちはいつの間に……？」

レスターはそれには答えず、馬を走らせた。少し気になったものの王属の屋敷なのだから、護衛が常にあったとしてもおかしくない。その彼らに手を出させず一人で刺客を倒せてしまうのだから、レスターの武術は相当なものだろう。

シンシアはレスターの腕に囲われて馬に揺られながらも、怪我のことが気になりハンカチを広げる。包帯代わりとして、傷口に縛りつけた。

「きつくはないですか？」

「ああ、大丈夫だ」

「……よかった」

シンシアはほっと安堵の息をついて、唇を閉ざす。とにかく今は、レスターの手当てを早くしたい気持ちだった。何か話しかけても、傷のせいでうるさく思われるかもしれない。自分はレスターのように、痛みを紛らわせられる話術は、持っていないのだ。

だがレスターは、手綱を操りながら少々不満げに言ってくる。

「どうして黙ってしまうんだ？　せっかく戻った可愛らしい声じゃないか。もっと聞かせてくれ」

レスターは日常会話のようにさらりと言ってくれるが、可愛い声と言われてシンシアはどうにも恥ずかしくなってしまう。だが何か話して欲しいと願われているのならば、と話題を探し――思い切って尋ねてみることにした。

「あの……レスターさま。どうしてそこまで私のことを気にかけてくださるんですか？」

「どうして？」

「……だ、だって……私はただ、アディンドン公爵の娘なだけです。レスターさまとはご挨接吻を交わす程度でしたのに……」

（まるで、恋人のように大切にしてくれて）

だが本来それを受けるのは、自分ではない。エミリーという名の、今は天国にいる彼女のはずだ。

「……彼女に、申し訳ないです……」

「彼女……？」

レスターが、小さく息を呑んだ。だが、怒った様子はない。

「……何を、聞いた？」

「お、お名前と……レスターさまの大切な方だと……」

「……そうだな。その通りだ」

ずきり、と胸が痛む。わかりきっていたことなのに。

馬の歩が、先ほどよりも緩やかになった。

「エミリーは確かに俺の大切な子だ。明るくて優しい子だった。……少し、君に似ているな」

これは、誉められても嬉しくなかった。シンシアは苦い気持ちで黙り込むが、レスターは気づいていないらしい。

レスターは両目を眩しそうに細める。記憶を懐かしく辿る目だった。

（嫌だ、何だかイライラしてくるわ……）

レスターの心の中に自分以外の誰かがいることが、嫌だった。

「三年前か……エミリーは馬車に轢《ひ》かれて死んだ。馬車の馬が、暴走したんだ。エミリーは俺を助けようと俺を突き飛ばして——代わりに、死んだ。……俺はエミリーを、守ってやることができなかった」

レスターの表情に、哀しみの色は見られない。ただ、無表情だ。淡々と事実だけを告げてくる。……だからこそ、レスターの哀しみがまだ癒されていないことをシンシアに教えてくれていた。

「守ってやりたい子だったのに、守れなかった。俺はもう誰も守ることができないんだと、そう思ったほどだ」

レスターが必要以上に心配性なのは、そのためなのか。

「レスターさま……」

そっと名を呼びかけて、手綱を握る片方の手に自分の手を押しつける。

「レスターさまは今、私を守ってくださいました。誰も守れないなんて、そんなことはありません。私はレスターさまのおかげで、無事だったんです」

レスターが哀しみに囚われ続けないように、励ましの思いを込めて言う。レスターはシンシアを少し驚いたように見下ろして——すぐに、嬉しげに笑った。

「君は、優しいな」

「そんなこと……」

シンシアは首を振る。レスターは唇に浮かべた笑みを、深めた。

「俺はもう、誰も守れないわけじゃない、か……。そう言ってもらえると、心強いな」

レスターが、深みのある声で言う。少しは励ませたようで、シンシアは笑った。

その笑顔をじっと見つめて、レスターは続ける。

「俺に、君を守らせて欲しい」

ぱか……っと馬の脚が止まる。シンシアの鼓動が、これまで以上に大きく音を立てた。

（レスターさまは、過去の苦しみを乗り越えようとしていらっしゃる……その、お手伝いがしたいわ）

「俺は、君を守りたい」

レスターが、真摯な眼差《まなざ》しでシンシアを見下ろして繰り返す。まるで、騎士に忠誠を誓われているかのようだ。

（ち、違うわ！　これは私を危険から守るため……そしてレスターさまが同じことを繰り返さないようにと……）

はた、とシンシアは大事なことに気づく。今の言葉では、自分に何か危険が迫っているということではないか。

「レ、レスターさま……」

シンシアは、青ざめてレスターを見上げる。レスターは手綱を片手だけ離し、シンシアを抱きしめた。

「大丈夫だ、シンシア。そのために俺がいる」

「……どういう……こと、ですか……？」

自分が何者かに狙われているかもしれない恐怖で、シンシアの声は小さく震えている。レスターが抱きしめてくれていなかったら、馬から落ちてしまっていたかもしれない。

「アディンドン公爵から兄上に相談があった。君に、何か危険が迫っているようだと」

「……お父さまが……」

父にそんな素振りはまったく感じられなかったから、シンシアは驚いてしまう。レスターが背中を優しく撫でた。

「何度か君を傷つけようとしたのではないかと思えることがあったらしい。君に覚えがないのは、公爵とメイドたちが未然に防いだからだ。……君は、皆に大切にされているな」

「私……そんなこと、まったく……」

茫然と呟いたあと、シンシアはハッと気づいて慌てた。

「私が何もなかったってことは……まさか、私の代わりに誰かが……!?」

「そういう話は聞いていない。大丈夫だ」

「……よかった……」

自分のせいで誰かが怪我をしたりするのは嫌だ。シンシアはほっと安堵の息をつく。その様子に、レスターがどこか嬉しそうに笑った。

だがシンシアはすぐにもう一つの可能性に気づき、息を呑む。

「……レスターさま、まさか私が猟犬に襲われたのって……」

「ああ。可能性は捨てきれない。君に何かするつもりだったのかもしれない」

「……そんな……」

幸い、自分は足首を多少痛めた程度で済んだ。だがあのときは、コーデリアもいたのだ。もしかしたら巻き込まれて、彼女が大怪我をしたかもしれないのに。

まだわからない犯人に対しての怒りが、胸の内に湧いてくる。シンシアはレスターの腕を思わず強く摑んだ。

「……シンシア……?」

「私に何かをしたくて……なのに、関係ない人を巻き込んだかもしれないなんて……卑怯《ひきょう》で、最低です」

シンシアの呟きに、レスターは満足げに頷く。

「俺も、君と同意見さ」

シンシアはレスターを見上げて、笑いかける。レスターも同じように笑ってくれたが、自分を見つめる瞳に甘さが混じっているように見えてドキンとしてしまう。

レスターが、再びゆっくりと馬を屋敷に向かって走らせた。

「アディンドン公爵から話を聞いた兄上も、君のことは心配している。だから俺に、君を守って欲しいと帰国を促された」

守れなかった大切な人のことが、胸に浮かんだのだろうか。レスターの瞳は、少し遠いものに変わる。

「その話を聞いたとき、エミリーへの罪滅ぼしがしたくなった」

レスターの大切な人がどんな人物なのかは、知らない。だが彼のような誠実で優しい人が心に想うのだ。……きっと、素晴らしい女性だったのだろう。

（多分、妻にされたいと思うほどに……）

もしエミリーが生きていたら、自分には見向きもしなかっただろう。……そう思うと、胸が痛い。

アディンドン公爵の娘でレスターの結婚相手としては最有力候補。そういう相手として、レスターは自分のことを大切にしてくれるのだろう。

（でもこの痛みは、レスターさまのせいではないわ。私が勝手に傷ついているだけ）

少しぎこちないながらも、シンシアは笑みを浮かべた。レスターには心配されてしまうが、理由は狙われた恐怖だと思ってくれる。

「お気遣い、ありがとうございます。今度改めて、陛下にもお礼を申し上げないと……」

「そうしてくれ。だが俺に礼はいらない。したくてしているだけだ」

見返りを求めない生真面目な言葉は、実にレスターらしい。出会ったばかりの頃ならば、微笑むことができただろう。

だが、今は。

（……お願い。これ以上好きにならせないで）

【3】


屋敷に戻ると、メイドたちはレスターの様子に何事かと慌ただしくなった。

レスターはそんな彼女たちに安心させる笑みを浮かべる。レスターの笑顔一つで彼女たちはいつも通りの優秀さを取り戻し、彼の部屋に手当てに必要なものを用意してくれた。

同時にシンシアの声が戻ったことにも気づいて、とても喜んでくれた。彼女たちの優しさはレスターのそれに通じていて、とても居心地がいい。

レスターの部屋で、腕の傷をシンシアが手当てした。やったことがないため、傍にメイドを一人置いて教えてもらいながらだ。

包帯が何だか綺麗に巻けていないような感じがしたのだが、レスターは文句を言わず、むしろ嬉しそうだった。

「ありがとう、シンシア」

この不恰好さでは礼を言われることの方が恥ずかしい。

シンシアは首を振ろうとして今更ながらにレスターが半裸であることに気づき、慌てて目を逸《そ》らした。……手当てに夢中になっていたから、まったく気づかなかった。

（私とは、まったく違うわ……）

男女の違いがあるのは当然だ。しなやかに鍛えられた鋼《はがね》のようなレスターの身体に男としての色気を感じてしまい、動揺する。

（……なんて淫らなことを、思っているの！）

レスターはシンシアの慌てぶりに気づいていないのか、悠々《ゆうゆう》とした動きで新しいシャツに袖を通す。ボタンを留めて身なりを整え終えると、いつものレスターだ。

その姿にほっとすると同時に、少々物足りなさも覚える。恥ずかしかったが、いつもと違うレスターを見られたのに。

「アディンドン公爵には、君の現状を知らせておいた」

シンシアがレスターの手当てに奮闘していた間に、メイドに命じておいたらしい。気づかなかったとは、どれだけレスターの怪我に動揺していたのか。

（あ……でも、そうしたら私……家に、戻るんだわ……）

声も戻り、すっかり健康体だ。レスターの屋敷にいる理由は、なくなった。……なくなってしまった。

「戻らなくちゃ、いけませんね……」

「だが今日はこんなことがあって、落ち着かないだろう。アディンドン公爵と今後の話もしたいし、明日、俺が送っていこう」

今夜は、ここで過ごせる。それが、シンシアには嬉しい。

レスターに甘えすぎていると自覚はあったが、一緒に過ごせるという誘惑には勝てなかった。

「いいんですか?」

「勿論だ。その代わり、食事が終わったら何か本を読み聞かせてくれないか?」

「読み聞かせ……ですか?」

小さな子供がせがんでくるならばまだしも、レスターのような大人が希望することではない。予想外の要求に戸惑ってしまうが、嫌だとは思わなかった。

見返すシンシアに、レスターは小さく笑う。

「今まで君の声が聞けなかっただろう? シンシアの声を、じっくり聞きたい」

(な、何だかすごく、恥ずかしいわ……!!)

その恥ずかしさに追い立てられるようにしながらも、シンシアは頷いた。

「わ、わかりました! 本を、見つくろってきます」

逃げるようにして、シンシアはレスターの部屋を飛び出す。そのまま、図書室へと向かった。……耳の下で、心臓がドキドキと音を立てていた。

レスターの言葉のいちいちに過剰に反応してしまうのは、恋するゆえか。レスターに特別な意図はないのに。

(ああ、もう……!! 別に、変な意味はないのよ!! だって……)

――あの人は、他に想う人がいるのだから。

夕食までの時間に、シンシアは図書室で読み聞かせの本を探すことにした。

さすがに大人が楽しむ小説となると、読み切れない量になってしまう。ここは子供に聞かせるのと同じように、童話か絵本か。ならば聞いていて、心が温かく優しくなれるような話がいい。

いくつか選んで抜き取り、ざっと目を通して一冊を決める。そのシンシアを、メイドの一人が呼びに来た。

「シンシアさま、アディンドン公爵邸からお迎えが……」

「え!?」

シンシアの身体がすっかり元に戻った知らせは確かに送ってあるが、帰るのは明日だとも言ってあるはずだ。どうして急に迎えが来たのだろうと、シンシアは焦ってしまう。

本を抱えたまま、シンシアはメイドの案内で応接間へと向かった。そこで待っていたのは、コーデリアだった。

ソファに座っていたコーデリアはシンシアの姿を認めると、勢いよく立ち上がって駆け寄ってくる。

「シンシア！　よかった、元気になったのね！」

抱きつかれて、シンシアは驚きに瞳を瞬かせてしまう。何故ここに、コーデリアがいるのか。

「コ、コーデリア⁉　どうしてここに？」

「シンシアのことが心配で、ずっとアディンドン公爵邸にいたの。シンシアが全快したって聞いたら、いてもたってもいられなくなってしまって！　よかったわ、本当に！」

今度は柔らかく包み込むように抱きしめてくる。相当心配をかけてしまったのだとわかり、シンシアもコーデリアを優しく抱き返した。

「心配かけてごめんなさい。コーデリアは、大丈夫だったの？」

「ええ。あの犬たちは、私の方には全然来なかったの」

（やっぱり……私だけを狙っていた、ということ……？）

犯人はわからない。だが、巻き込まれてコーデリアが怪我をしなかったのは幸いだ。

コーデリアはシンシアを離して、笑いかけた。

「さあ、帰りましょう。ここにいて、これ以上レスター殿下にご迷惑をかけるわけにはいかないわ。だから私、迎えに来たのよ」

「あ……」

迷惑をかけるな、と言われてしまえば、シンシアも何も言えなくなってしまう。控えていたメイドたちが、見かねたように口を開きかけたときだ。

「――シンシア嬢は明日、俺が送り届けることになっている。気遣いは無用だ」

扉を開けながら、レスターが姿を現した。

レスターと面識がないものの、屋敷の主としての態度からそうだとわかったのだろう。コーデリアは慌ててスカートをつまみ、腰を落とした。

「レ、レスター殿下でいらっしゃいますか。私は……」

「アディンドン公爵から話は聞いている。コーデリア嬢だな」

コーデリアもまさか自分の名を知っていたとは予想外だったようで、視線を落としたまま頬を興奮で赤く染めた。彼女の乙女な様子を、シンシアはもやっとした気持ちで見返す。

(嫌だわ。……嫉妬《しっと》……？)

レスターは楽にするように言って、コーデリアをソファに座らせる。自分も腰を落ち着かせたので、シンシアはコーデリアの近くのソファに座ろうとした。

だがそれを、レスターが止める。

「シンシア、君はこちらに。俺の隣だ」

「え……」

戸惑ってしまうのも、無理はない。レスターが示した隣の席は、彼と親しい者でなければ座れない。

「レ、レスターさま……」

「座るんだ」

いつになく高圧的に、レスターが言う。シンシアはコーデリアの目を気にしながらも、示された場所に座った。

コーデリアは一瞬驚いたように目を見開き——そして、シンシアを睨みつける。初めて見るコーデリアの敵意の瞳に、シンシアの身体がビクリと震えた。……だがそれは本当に一瞬で、気のせいかもしれない。

（コーデリア……？）

「シンシア嬢とは今夜、約束していることがある。だから明日、俺がきちんと送り届けよう」

「そうだったのですか……シンシアがご迷惑をかけているのかと思い、慌てて迎えに来たんですが……差し出がましいことをして、申し訳ございません」

「いや、お心遣いは大変感謝する。だったら、コーデリア嬢も泊まっていかれたらどうだ？明日、二人を一緒にお送りしよう」

「まあ、よろしいんですか？」

コーデリアが、嬉しそうに問い返す。レスターは頷いた。

そのやり取りを見て、シンシアは何だか面白くない気持ちになってしまう。コーデリアがレスターと初対面なのにもう楽しげに話している様子が、気に入らなかった。

（いけないわ、こんなの。レスターさまはエミリーさんのものなのに）

そう思うのに、それもまた嫌な気持ちにさせる。

死んでしまったエミリー。レスターにとっては、彼女が大切な人なのだ。なのに、死者にまで嫉妬してしまうなんて。

コーデリアを交えた夕食は、シンシアの心に少々わだかまりを残したものの楽しい時間だった。少し気になるのは、コーデリアがずいぶん積極的にレスターに話しかけていたことだ。

レスターは終始紳士的に応えていて、ぱっと見だけにはお似合いの二人にも見えた。

(でも駄目よ。レスターさまにはエミリーさんがいるんだから)

……これではまるで、コーデリアの邪魔をしているようではないか。シンシアはぶんぶんと首を振り、童話を持ってレスターの部屋へと向かう。

コーデリアがシンシアと一緒に寝ようと言ってきたため、二人の客間は同じだ。だからレスターが、自室にシンシアを呼んでくれた。

レスターはあのくちづけ以外ずっと紳士的で、こんな夜に彼の私室を訪れることに少し胸がドキドキしたものの、怯《おび》えと不安はない。

ノックをすると、レスターが自ら扉を開けて中に招いてくれた。リラックスしている場に招き入れてもらえたことは、心の中に受け入れてもらえたような気になれる。

レスターとの親密度がさらに上がっただけでなく、特別な存在にしてもらえたようで嬉しい。

シンシアは夕食のときと同じワンピース姿だったが、レスターはくったりとした生地で仕立てられたシャツとズボンというくつろぎの姿だった。

何だか少し、ドキリとしてしまう。いつもの紳士的な彼ではなく、もっと素のままの――一人の青年としての感じを、強く受けた。

「どうぞ」

別荘代わりの屋敷であるためか、必要な調度しかない。シンプルな広い部屋の中心に、毛足が長く柔らかい感触のラグが敷かれている。

そこに、いくつかクッションが置いてあった。あそこで、話を聞くつもりなのだろう。

二人でラグに座る。椅子ではないため、自然とどちらからともなく近い位置に座っていた。

「何の本にしたんだ？」

「童話にしました。レスターさまはこのお話、ご存じですか？」

魔女の呪いに囚われていた姫を、話を聞いた王子が助けに行く。はじめは名声のために姫を助けに行った王子だったが、姫と触れ合い、本当の意味での愛を知り、それによって呪いが解ける話だ。優しく温かい話は、眠る前に読むのにはいいだろう。

レスターはパラパラとページを何回か捲りながら、ラグの上に横たわった。シンシアの膝の近くにレスターの頭がやって来て、少し慌ててしまう。

「……なるほどな。この話は読んだことがあるが、なかなかいい話だ」

シンシアはクッションを引き寄せて、レスターの枕代わりにしようとする。レスターはそれに気づくと、小さく笑った。

「こういうときは、膝枕じゃないのか？」

「……え……っ」

見返すレスターの瞳に、甘い微笑が浮かんでいる。

からかわれていることがわかったが、上手くあしらう方法など、わからない。けれどレスターが冗談を言ってくれるくらいまで親密になれたことは、嬉しかった。

レスターはシンシアの様子に、小さく笑みをこぼす。……それは少し、苦笑めいていた。

「……すまん、調子に乗りすぎたな。君の声が戻ったことが、ずいぶん嬉しいらしい」

言ってレスターはクッションに頭を乗せようとする。シンシアはそれを聞いて恥ずかしさを何とか抑え込み、レスターの頭を自分の膝に乗せた。

スカートの生地越しにレスターの頭の重みを感じて、ドキドキする。だが、動かなければ大丈夫そうだ。

「シンシア……?」

「さ、さあ、読みますよ」

レスターの意外そうな呼びかけに、応えることまではできない。ごまかすように、シンシアは本を読み始めた。

レスターは一度低く笑ってから、目を閉じる。金茶の瞳が隠されて、少しほっとした。じっと見つめられていたら、恥ずかしすぎて声も震えてしまっただろう。

シンシアの声はレスターには心地よいのか、まるで眠ってしまったかのように穏やかだ。シンシアは子守唄を聞かせるように、優しく読み進めていく。

話が半ばまで進んだ頃、レスターがそっと目を開いた。

「……その王子は、第一王子だろうか」

「……え？」

何故急にそんなことを聞かれるのかわからず、シンシアは困ってしまう。童話の中で、王子が何番目の者かは語られていない。

「すみません……書かれてないので、わかりません……」

「いや、少し気になっただけだ。もしも国の跡取りだとしたら、たとえどれだけその姫のことを愛していたとしても、国のために別の姫と結婚しなければならないからな」

急に現実的な話になってしまい、シンシアは童話の優しい世界から引き戻されてしまう。少しレスターが恨めしくなり、意地悪く言い返してしまった。

「でしたらその姫を、愛人にされたらいかがですか」

心から想う相手と結ばれることは、位が高くなればなるほど難しくなることが多い。そこに、政治的意図が介入するからだ。

シンシアも公爵家の娘として、意に染まぬ相手の妻にならなければならないときもあるかもしれない。幸い今の状態では、そんなことにもならなさそうだが——そうなったとしても家のためにならば仕方がないと教育されている。

シンシアの少し強い口調に、レスターが驚いた目を向けてきた。

「……何を怒っているんだ？」

シンシアの様子はわかっても、その原因まではわからないらしい。人の心に聡《さと》いのに、女心には鈍いのか。

シンシアはふいっと横を向いた。

「何も、怒っていないです」

「いや、怒っている」

レスターが射貫《いぬ》くようにこちらを見つめてくる。力を持つ視線に逆らうことができずにレスターを見下ろし、シンシアは慌てて言った。

「ほ、本当に怒ってませんから！　そ、それよりも、その姫のことはどうするんですか。愛人にされるんですか？」

「……俺は、そういうことはしたくないな。その方法では結婚しなければならない姫も本当に愛している姫も、不幸にするだけだ」

シンシアは、その答えに軽く目を瞠る。多くの高位の者がそうしているように、レスターも同じ考えだと思っていたのだ。

「では……レスターさまならどうされるんですか？」

「そうだな。独身を貫くかもしれない」

「……ええっ？」

まさかの答えに、シンシアは驚きの声を上げてしまう。

レスターはシンシアをじっと見つめてきた。思わず息を詰めてしまいそうなほど、強く。

「俺は、自分の妻は愛した女性がいい。それは、当たり前のことではないか?」

確かに、立場のことがなければそうだ。シンシアは瞳を瞬かせてレスターを見返す。

レスターは、愛する人を見つけたら立場など関係なく、深く愛する人なのではないか。

……亡くなったエミリーを、今も大切にしているように。

(でもその人は、レスターさまの恋人として周りに知らされてはいない……)

身分の違いがあるのならば、隠しておかなければならない。エミリーとはそういう女性なのだろう。

「君はどうだ、シンシア。どういう結婚観を持っているんだ?」

レスターの片手が上がって、シンシアの肩口から滑り落ちていた髪に触れる。

腰まで長い金髪を、レスターは指に絡めて優しく弄《もてあそ》んだ。しばしそうしていたかと思えば、軽く引き寄せてくちづけてくる。

髪先に感覚などないのに、背筋がゾクリと震えた。それを抑えて、シンシアは言う。

「わ、私も……そうですね。レスターさまと同じです。好きな人にだけ、自分のすべてを捧げられるといいと思います」

「ずいぶんと情熱的だな。君にそういう一面があったとは、思わなかった」

「そうでしょうか。女性はもしかしたら、恋に関しては男性よりも情熱的かもしれませんよ」

シンシアの答えが気に入ったのか、レスターは楽しそうに笑う。

「君との会話は、楽しいな」

「私も、レスターさまとの会話は楽しいです」

「君は、どんな男が好みなんだ？」

「……急に、どうされたんですか？」

シンシアは、驚いて問い返す。レスターはどこか意味ありげに笑った。

「聞いてみたくなった。教えてもらえないか？」

シンシアは少し思案したあと、唇を動かした。

「……そうですね……優しくて、紳士的で、何があっても私を守ってくださるような……」

言ってしまってから、シンシアは苦笑する。これでは、レスターのことではないか。

（レスターさまは、気づいていらっしゃらないだろうけど……）

「そうか。……じゃあ、俺は駄目だな。紳士的じゃない」

どうしてレスターが自分を否定するのかわからず、シンシアは驚いてしまう。レスターはシンシアの髪先を鼻先に持っていって、その香りを楽しむように軽く揺らした。

「俺は君に、二度も無断でくちづけてしまったから」

「あ、あれは……っ」

シンシアは頬を赤くする。確かに二度も不意打ちで唇を奪われてしまったが、それはどちらも仕方がないことだ。

一度目は寝ぼけて、二度目は敵を油断させるためだ。それを責めるのは、理解がなさすぎる。

シンシアはレスターに微笑みかけながら、髪先を取り上げようとする。このまま弄《いじ》られていたら、何か身体がおかしくなってしまいそうだ。

「大丈夫です、あれは仕方がなかったと、ちゃんとわかっていますから」

――ふいに、レスターの指がシンシアの指に絡んだ。ぬくもりが伝わってきて、ドキリとする。

「レ、レスターさま……？」

恋人同士が手を繋《つな》ぎ合うように、指を深く絡められる。シンシアは少しうろたえた。

だがレスターは、いつになく真剣な表情でシンシアを見上げてくる。

「……多分このままでいくと、俺と君は結婚することになるだろうな」

国内での花嫁候補として、シンシアに対抗する者はいない。ましてや国王とアディンドン公爵の間では、口約束も取り交わされているのだ。

「どんな令嬢かと思っていたが……君はとても魅力的な女性だ。特に優しくて、身分に傲《おご》らず他者に迷惑をかけないようにしているところがいい。君が声を失っていたときの頑張りは、とても気持ちがいいものだった」

誉めてもらえて、嬉しい。シンシアは、ぽ……っと頬を赤く染める。

だがそれも、エミリーがいないからこそだ。彼女が生きていたら、レスターはシンシアには目もくれなかっただろう。

（それを、忘れてはいけないわ）

「……ありがとうございます。そう言っていただけると、嬉しいです」

笑って答えたが、上手く笑えたかどうかは疑わしい。レスターに変な追求をされないように、シンシアは再び本を読み始めた。

レスターは何か言いたげな顔をしたが、それ以上は何も言わない。再び目を閉じて、シンシアの声に耳を傾けた。

物語の中では幸せな空気が育《はぐく》まれているのに、自分たちの間には少しぎこちない空気が流れてしまっていて――それが、切なかった。

本を読み終えるとレスターは礼を言ってくれ、シンシアを部屋まで送ってくれようとした。だがレスターが少し眠たげに見えたこともあって丁寧に辞退し、一人で部屋に向かうことにした。……客間にはコーデリアもいるため、二人を会わせたくない気持ちもあった。

（コーデリアにまで嫉妬しているなんて……本当に私、どうしてしまったのかしら……）

自分の気持ちを上手く制御できていない。だいたい、このことよりも自分が狙われていることについて、もう少しちゃんと考えなければいけないというのに。

コーデリアが眠っていることを考えて、シンシアは音に気をつけながら部屋に戻った。

やはりベッドの中では、コーデリアが眠っていた。ナイトドレスに着替えようとしたとき、コーデリアが小さく声を上げた。

「ん……シンシア？　戻ったの……？」

「ごめんなさい、起こしてしまったわね」

慌てて謝ると、コーデリアは大丈夫だと首を振りながら身を起こした。そのままベッドを降りて、シンシアの傍に歩み寄る。

「着替え、手伝うわ」

「で、でも……」

「こんな時間にメイドを呼ばれる方が嫌よ」

コーデリアの遠回しな気遣いに、シンシアはありがたく手伝ってもらうことにする。コーデリアの手を借りてナイトドレスに着替え終わったシンシアは、彼女と一緒に一つのベッドに入った。

ベッドは広く、もう一人入っても充分に眠れる広さだ。一人娘のシンシアはコーデリアが来ると、姉妹のようにこうやって一緒に眠っていた。

「レスター殿下と、何をしていたの？」

興味津々といったふうに、コーデリアが問いかけてくる。シンシアは軽く笑った。

「本を読んできただけよ。私の声がもっと聞きたいっておっしゃってくださって」

「それだけ？」

「それだけよ？」

当然だと続けると、コーデリアは信じられないというように大きく目を瞠った。

「レスター殿下と、恋人同士ではないの!?」

「コ、コーデリア……!!」

叫ぶように言われて、シンシアは真っ赤になって慌てる。それは、激しい誤解だ。

「ち、違うわ。変なことを言わないで。レスターさまにも迷惑よ」

「でも、レスター殿下はすごくあなたのことを大切にしていらっしゃったけど……」

「そ、それは……そうしなければ、ならなくなってしまって……」

「どういうこと?」

コーデリアの瞳が、きらりと光った。これはもう、事情を聞かなければ引き下がらない目だ。シンシアは小さく嘆息する。

洗いざらい話すことはない。無難なところだけ話せば、ひとまずコーデリアの気持ちも落ち着くだろう。

シンシアは言葉を選びながら、自分が誰かに狙われていることとレスターが守ってくれていることを伝えた。話を聞くと、コーデリアは怒ってくれる。

「まあ……なんて卑怯なの。シンシアが何をしたっていうの! ……じゃあ、足の怪我も……?」

「ありがとう、コーデリア。でももう大丈夫よ。足も声も、すっかり治ったわ」

「よかったわ……! レスター殿下のおかげね。でも事情を知らなかったら、どこから見ても恋人同士に見えたわよ?」

もしもエミリーのことを知らないときならば、気恥ずかしくも嬉しい言葉だったろう。シンシアは少し寂しい思いで首を振る。

「それは、ないわ。レスターさまには心に大切にしていらっしゃる方がいるの。……もう亡くなられているけど……」

「その話も、ちゃんと聞きたいわ。聞かせて」

ずっと胸の中でもやもやしていた話題だ。こちらもすべてを話せないが、それでも一人でずっと抱え込んでいるよりもいい。

コーデリアはシンシアの話を真剣に聞いてくれる。だがおかしなことに話が進むにつれ、コーデリアはだんだんと顔を曇らせた。

「コーデリア？　どうしたの？」

「あ……いいえ、何でもないわ」

コーデリアが何かをごまかそうとしていることに気づく。シンシアはじっとコーデリアを見つめた。

コーデリアはしばし視線をさまよわせるようにしたあと、思い切ったように言った。

「これは、あくまで想像よ？　レスター殿下はエミリーという女性を、本当はずっと想っていらっしゃりたいんじゃないかしら」

「え……っ？」

「あなたがいるから、静かにその人を想い続けることができない。だってあなたは婚約者候補だから、周りがレスターさまと結婚させようとするでしょう？」

「あ……」

言われてみれば、そうかもしれない。国王と父親は、自分たちの結婚になかなか乗り気なのだ。

もし、自分がいなければ――跡継ぎではないレスターは、結婚を逃れられる可能性が高い。そしてエミリーを想い続けることができる。

(私が、いなければ)

「もしかして……あなたを襲ってきた男たちは、レスター殿下が雇ったのではなくて？」

コーデリアの言葉に、シンシアは仰天《ぎょうてん》する。

レスターがそんなことをするとは、とても思えない。いつだってレスターはシンシアに優しくて、過分なほどの気遣いを与えてくれたのに。

(そんな……そんなことないわ……！)

シンシアはコーデリアを軽く睨みつけた。

「失礼なことを言わないで。レスターさまはいつだって、優しくしてくださっているのよ」

シンシアの反論に、コーデリアは大きく呆れたため息をつく。

「もう……純真なのにもほどがあるわよ、シンシア。優しくして、油断させているのかもしれないじゃない？」

「……やめて。そんなこと言わないで」

もう聞いていられなくなって、シンシアはシーツの中に潜り込む。コーデリアが心配そうに声をかけてくれるが、答えられない。

シーツを被って黙り込んだままでいると、コーデリアが申し訳なさそうに続けた。

「シンシア、ごめんなさい。あくまで可能性の一つよ。あまり気にしないで」

「ええ、わかっているわ。……もう寝ましょう」

「そうね。おやすみなさい」

コーデリアが、ランプを消す。室内が暗くなり、シンシアはシーツの中で身を縮めた。

(そう、可能性の一つ。だからそうであるとは限らない)

――でも、本当だったら？　あの優しさがすべて、最後に裏切るためのものだったら？

悪い方向に考えてしまうのはいけない。それは自分の悪い癖だ。だから、あの優しさを信じればいい。……いいのに。

(だって、レスターさまはエミリーさんを想っているのに……)


あまりよく眠れなかったが、コーデリアに心配されないようにいつも通りの時間に起きて身支度をする。そして彼女とともに、食堂へと向かった。

朝食の席でレスターは何か言いたげだったが問いかける隙を与えずにいると、とりあえず無難に朝の時間は終わる。

朝食が済めば、荷造りだ。コーデリアのものはないが、シンシアには着替えと日用品などがある。シンシアはメイドたちに指示を出して、荷造りさせていた。

メイドたちはテキパキと作業をしているが、表情は暗い。

「シンシアさまがお帰りになってしまうなんて……寂しいですわ」

「ええ、本当に。レスターさまも、とても楽しそうでしたのに」

自分の帰宅を惜しんでもらえることが嬉しかったが、レスターの名にドキリとしてしまう。昨夜コーデリアに指摘された可能性のことが、胸をよぎった。

(そんなこと……ないわ)

どうして悪い方向にばかり考えてしまうのだろう。自分の心の弱さが、歯がゆい。

(もっと心を強く持たなくちゃいけないのに)

シンシアは弱さを払うように首を振って、笑う。

「そう言ってもらえると、嬉しいわ」

「……そうですわ！　シンシアさまがレスターさまとご結婚されればいいのですわ！」

若いメイドの提案に、シンシアは大きく目を瞠ってしまう。確かに、その可能性がないわけでもないのだが。

「……わ、私……レスターさまに、お別れのご挨拶をしてくるわ……!!」

それ以上言われないように、シンシアは部屋を出る。彼女たちに悪気がないのはわかっているが、今のシンシアには微妙な話題だ。

(帰ったら、お父さまに相談してみよう……)

レスターには想う相手がいる。だから、自分との結婚話を、破棄《はき》して欲しいと。

(それが一番いいことよ。レスターの部屋の前に辿り着く。レスターさまのお心に、私が入る隙間なんてないのだから)

シンシアはレスターの部屋の前に辿り着く。ノックをしようとしたら、話し声が聞こえた。

……見れば、ドアが少し開いていた。

「……どうやら殿下が睨んだ通りになりそうです」

聞こえてきたレイフォードの声は、厳しい。何か問題でも起こったのだろうか。

何だか声をかけづらくなり、シンシアは一旦この場を離れようとする。だが、次に聞こえたレスターの声に、足が止まってしまった。

「……シンシアはまだ気づいていないようだな……早く、何とかしなければ……」

「はい、こちらでも動いていますが」

これだけの会話では、何のことかわからない。だがシンシアの中では、コーデリアの警告と結びついてしまう。

レスターが、シンシアを本当は邪魔に思っているかもしれない――自分がそのことに気づいていないうちに、存在を消し去ろうとしているのではないか、と。

(……そ、んな……こと……)

違う、と思いたいのに、考えはどうしても悪い方向に向かってしまう。両の膝が、小さく震え始めた。

（お、落ち着いて……）

ひとまずシンシアは、この場を離れようとする。今の会話を、もっとよく考えなければ。

だがそれよりも早く、こちらの気配に気づいたレスターが鋭く声をかけた。

「——誰だ！」

ビクッと大きく身体が震えて、逃げ出すこともできない。レイフォードが扉に走り寄って、それを開けた。

シンシアの姿を認めて、レイフォードが訝しげに呼びかける。

「……シンシアさま……？」

「……わた、し……」

盗み聞きを謝って、立ち去ればいい。仕方ないと苦笑して、レスターは許してくれるだろう。いつものレスターならば、そうしてくれる。

（でも、そのレスターさまが本当のレスターさまではなかったら？）

シンシアは震える唇を手で押さえて、立ち尽くしたままだ。動けない。

レスターが、部屋の中で軽く目を見開く。

「……シンシア……今の話を聞いていたのか？」

「聞かれては、いけないことなんですか……？」

それではまるで、シンシアの嫌な予感を肯定しているようではないか。

「レスターさま、今……私のことについて、お話しされていましたよね？　いったい何を話されていたんですか……？」

レスターが、口ごもる。その仕草も、今のシンシアを不安にさせた。

シンシアは、ゆっくりと後ずさる。それに気づいたレスターが、眉根を寄せながら近づいてきた。

「シンシア、いったいどうし……」

「嫌……っ!!」

今のシンシアには、レスターの気遣いも真逆にしか受け取れない。自分を捕まえようとしているのではないかと、反射的に身を翻して逃げ出してしまう。

「シンシア!?」

レスターが、驚きの声を上げた。だがシンシアはそれに応えることもできずに、駆けていく。

レスターが息を呑み――すぐに、追いかけてきた。

「シンシア！　待て!!」

シンシアは足を止めない。だが、レスターの足の長さを考えれば追いつかれるのは時間の問題だ。

シンシアは辺りを見回して、手近の――鍵のかかっていない部屋に飛び込む。転がり込むように中に入ったあと、すぐに鍵をかけた。

レスターが追いついて、ドアを叩いてくる。

「シンシア、どうしたんだ!?　何故逃げる!?」

「……わ、私……レスターさまとあの人との邪魔はしません……！　そんなことをしたいわけではないんです。だから、レスターさまとの結婚話は、なかったことにしていただいて結構です……!!」

それが一番いい。そしてレスターはエミリーを悼《いた》んで、静かで穏やかな日々を送ればいい。彼にとってはそれが、幸せな日々なのだ。シンシアは泣き出してしまいながら、改めて思う。

……ノックの音が、止まった。戸惑いの沈黙のあと、レスターが言う。

「シンシア……すまないが、君が何を言っているのかわからない。どういうことだ？　君が、俺を嫌いだということか？」

「ち、違います！　私はレスターさまの邪魔になりたくないんです」

「邪魔なわけがないだろう？　何をどうしたら、そうなるんだ？」

レスターの声に、苛立ちが含まれる。シンシアがひくっと喉を震わせると、扉越しに伝わってきた気配に気づいたレスターが、大きく息をついた。

今度は優しく宥《なだ》めるように言う。

「シンシア、とにかくここを開けてくれ。君と、きちんと話がしたい」

見えてはいないのだが、シンシアは激しく首を振る。

「レスターさまは、あの方のことをずっと想い続けてくださっていいんです！」

レスターからは、完全な沈黙が返ってきた。ようやく自分の言葉を理解してくれたのだと、シンシアはほっとする。

「だから、私とのことはなかったことに……」

直後、だんっ!!　と激しくドアが音を立てた。シンシアが改めて大きく震える。

ノックではなく、レスターが拳《こぶし》を打ちつけたのだ。

「……ここを開けるんだ、シンシア。俺たちには、きちんと顔を見て話し合う必要があるようだからな」

口調は穏やかだったが、声は低い。はっきりと怒りが感じられて、シンシアは息を詰める。

(話すことなんて、ないはず。レスターさまに私はいらないいんだから……)

答えられないでいると、レスターは荒く息を吐き出した。

「君がここを開けてくれないなら、自力で開けさせてもらう」

どうやって、と問いかける間もなく、ドアが激しく揺れ動いた。レスターが体当たりして、こじ開けようとしている。

初めて目の当たりにするレスターの荒々しさに、シンシアは竦《すく》んでしまう。こうなると本能的に逃げ出したくなるのが、正直な気持ちだ。

シンシアはその衝動に突き動かされるまま室内を見回して、脱出場所を探した。

だが、続き間のないこの部屋から外に出るとしたら、ドア以外には窓しかない。シンシアは飛びつくように窓に駆け寄り、開け放った。

二階だ。ここからなら何とか降りられそうだ。今のレスターに捕まったら、何をされるかわからない。

とはいえ、こんなところから逃げ出すなど初めてだ。どうしたらいいのかわからず、途方に暮れてしまう。

（あ……！　シーツを裂いて繋いで、ロープ代わりにするのは⁉）

何かの冒険小説に、そんなシーンがあったことを思い出す。だが扉はその間も激しく揺れて軋み、あと少しで壊されそうだ。ぐずぐずしてはいられない。

（思い切って……‼）

シンシアは、窓枠に手をかける。ほぼ同時に扉が破られ、レスターが姿を見せた。

シンシアがしようとしていることに気づくと、血相を変えて走り寄ってくる。

「シンシア！　何をしているんだ‼」

本気の怒声に身震いして、シンシアは身体のバランスを崩してしまう。そのまま、背中が窓の外に出てしまった。

「あ……っ」

（落ちる……っ‼）

強烈な浮遊感が、シンシアを包み込む。目を閉じることもできずにいるシンシアに向かってレスターが窓から身を乗り出し、腕を掴んできた。ぐっと強く引き寄せられ、シンシアはレスターの胸に倒れ込む。

勢いがついてしまったために、二人で絨毯《じゅうたん》の上に転がる。だがレスターの身体が下になってくれたため、痛みはほとんどない。

レスターが呻き、シンシアは慌てて身を起こした。とはいってもレスターの片腕に腰が絡んでしっかり抱きしめているため、上体を浮かせただけになる。

「レ、レスターさま……！　大丈夫ですか!?」

「……大丈夫だ。シンシア、君は？」

「私も大丈夫です。レスターさまが助けてくださったから……」

シンシアの答えに、レスターがほっと安堵の息をついた。表情も心から安心したそれで、シンシアは驚いてしまう。

まるでこれは、自分が無事でよかったと告げている顔ではないか。

（どうして……？　だってレスターさまは、私を邪魔に思っていたのではないの……？）

「まったく……寿命が縮んだ」

「だ、だって……」

レスターの呟きにシンシアはうろたえつつも、反論しようとする。

「だって？　この暴挙に、何か正当な理由があると？」

金茶の瞳が、シンシアを見返してくる。その鋭さに居たたまれなくなって、シンシアは目を逸らそうとした。

その顎先を、レスターの指が捉えてこちらに強引に向かせる。

「何故、目を逸らす？　正当な理由だと思っているのなら、ちゃんと俺の目を見て答えられるだろう?」

確かに、レスターの言う通りだ。だがほとんど衝動で動いてしまっていたため、そう追求されると何とも気まずい。シンシアは小さな声で言った。

「レ、レスターさまは……その、私が……邪魔、じゃないんですか?」

「邪魔だったら今ここで、君を助けない。どうしてそう思うんだ?」

「だ、だって……レスターさまには大切な方がいらっしゃるんだと聞きました。それは、恋人でしょう?」

「俺に、恋人?」

レスターの瞳が大きく見開かれる。レスターはゆっくりと唇を動かした。

「……大切な人っていったら、そうじゃないんですか?」

「まあ、確かにその可能性はないわけでもないが……誰のことを言ってるんだ?」

シンシアは、エミリーの名を口にするのを一瞬躊躇ってしまう。レスターの心の傷を不用意に刺激してしまうのではないか。

「教えるんだ、シンシア。それはいったい誰だ?」

「……エミリーさん、です……」

シンシアは仕方なくその名を告げた。レスターがさらに大きく目を見開いた。

「エミリー?」

意外そうに呟かれて、シンシアは少しムッとする。亡くなっても大切にしている人なのに、ここまできて知らないふりをするのか。

レスターは唖然とした表情で、続けた。

「確かに、エミリーは俺の大切な妹だ。だが、片親とはいえ、血の繋がりがある。恋人になんて、なれないぞ」

「……いも、うと……?」

シンシアは愕然とする。

エミリーが妹などと、思ってもみなかった。だいたい、国王兄弟に妹がいるなど聞いたこともなく、姿を見たこともないのだ。

「い、妹さんがいらっしゃるなんて、私、聞いたことがありません!!」

「エミリーは父がメイドに手を出したときの子だ。王族には認められていないから、庶子であることを知られてはいない。知っているのは俺と兄上の、ごく近くにいる使用人たちだけだ。俺も兄上も、エミリーの幸せを考えれば、それでいいと思った。俺たちはエミリーを、自由に生きていけるようにしたかったからな」

レスターたちが妹を――エミリーを、大切にしていたことが感じ取れる。同時に自分がとんでもない間違いをしていたことに気づき、シンシアは身を強張らせた。

「あ、あの……私……」

「エミリーのことを誤解されたのはわかった。俺もはっきり言わなかったのが悪い。だが、それでどうして窓から飛び降りようとするほど逃げたんだ?」

ここまで来てしまったら、変に隠し立てする方が余計にこじれてしまう。シンシアはレスターにひどく怒鳴られることを覚悟して、コーデリアが話した疑念を持ってしまったことを話し、謝罪した。

「本当に、ごめんなさい……」

シンシアの話を聞いている間、レスターの瞳が新たな驚きに大きく見開かれ、やがては震え上がりそうなほどの怒りを浮かべた。弁明のしようがなく、シンシアは謝るしかなかった。

シンシアの謝罪を聞いても、レスターは何も言わない。ずいぶん怒らせてしまったことをどうしたらいいのかわからず、シンシアは泣きたくなってしまう。

（私……なんて馬鹿な勘違いをして……）

やがてレスターが、おもむろに身を起こした。

「……人生で、一番の怒りを覚えた」

「も、申し訳ありませ……きゃあ！」

立ち上がりざま、レスターはシンシアの身体を荷物のように肩に担ぎ上げる。長身のレスターにそうされると、床が急に遠くなって怖い。

レスターはシンシアを担いだまま、大股で歩き出した。

「レ、レスターさま……!?　あの、どちらに……っ」

「君が怪我をして声が出なくなってしまったのを大切に看病して、不逞《ふてい》の輩《やから》から守ったというのに、それがすべて虚実だと思えるとは！」

ひどく苛立たしげに言うレスターの声に、シンシアは何も言えなくなる。レスターは自室に向かっていた。

部屋の前にはレイフォードがいて、シンシアたちの様子を見て驚く。

「い、いったい何事ですか、殿下」

「気にしなくていい。だが呼ぶまでここに誰も近づけるな」

「し、しかし殿下。荷造りは終わって、もういつでも出掛けられ……」

「コーデリア嬢だけ先に帰せ。彼女はあとだ！」

扉を開けながら怒鳴りつけるように命じたレスターは、今度は叩きつけるようにそれを閉める。音に驚いてますます身を固くするシンシアを、レスターは寝室のベッドに下ろした。

……意外にも、ベッドに下ろす仕草は宝物を扱うかのように優しい。

ひとまずシンシアは身を起こそうとするが、傍に座ったレスターの上体が被さってきて、できない。

「レ、レスターさま……？」

何となく身の危険を感じて、シンシアの呼びかけは小さく震えている。レスターの上体はさらにのしかかってきて、こちらの動きを封じていた。

「シンシア」

「は、はい」

「ひどい濡れ衣を着せられて、俺は怒っている。優しく大事にしてきたつもりだったが、意味がなかったようだ。ここまでくると、我慢していた自分が笑えてくるぞ」

「あの……レスターさま……んんっ!?」

視界が陰ったと思った直後には、レスターの唇がシンシアの唇に押しつけられていた。一瞬何が起こっているのかわからず、シンシアは大きく目を見開いてしまう。

睫《まつげ》が触れ合うほど近くに、レスターの金茶の瞳があった。透明なそこに、自分の顔が映っている。

レスターはじっと瞳を見つめながら、唇を動かす。ふっくらとしたシンシアの唇を押し割り、舌で唇をなぞってきた。ぬめった弾力のある舌が唇を這い回り、背筋がゾクゾクする。

驚いて顔を引こうとするが、後頭部はベッドに押しつけられて逃げられない。レスターの舌が唇の隙間にねじ入るように押し入ってきて、シンシアの唇を開かせた。

「……ん……んあ……っ」

レスターの舌は、戸惑うシンシアの口中をなぶるように動く。歯列をなぞられて、背筋が震えた。

滑った舌はさらに奥に入り込み、強張ったシンシアの舌を搦め捕ってくる。唾液を擦りつけるように舐められて、びくりと身体が小さく跳ねた。

「……あ……う……っ」

レスターに舌を味わわれていると、自然と甘味が溢れてくる。熱い雫《しずく》が口端からこぼれてしまいそうになり、シンシアは思わず喉を鳴らした。レスターも同じように喉を鳴らす。

「ん……んく……ふ……っ」

舌がさらに激しく絡みつくと、くちゅ……っ、と小さく水音が上がった。互いの唾液が混じっていることを否応なく教えられて、シンシアの身体は熱を帯びた。

レスターは熱い滴《したた》りを、舌で搦め捕って何度も飲み下す。シンシアも空気を求めて口を自然と開いてしまっているために、与えられる熱い雫を何度も味わった。

身体はどんどん熱くなっていき、どうしたらいいのかわからない。レスターの身体がさらに押しつけられ、シャツ越しに感じる体温も熱くて、たまらなくなる。

「……ふ、う……うん……っ」

「シンシア……もっと、口を開けろ」

「ん……んぁ……っ」

レスターの大きな手がシンシアの顎を捉え、口を閉じられないようにしてくる。

くちづけられたのは、これでまだ三度しかないという初《うぶ》な唇だ。終わると思っていた時間が経っても、レスターの唇はシンシアの唇を味わい続ける。それどころかもっと、というようにに、さらに深く舌を潜り込ませてきた。

ぬるぬると擦り合わされて、息苦しい。空気を求めてさらに大きく口を開いても、かえってレスターの舌を深く受け入れることになるだけだ。

「ん、んふ……」

どこで息継ぎをすればいいのかわからず、シンシアは眉根を寄せる。だが、やめて欲しいとは、欠片も思わなかった。

(だって……とても、気持ちがいいの……)

そんなことを思うのは、はしたない。だが、レスターの舌を絡める深いくちづけは、自分のすべてを包み込まれているかのようだった。

ベッドに押しつけられるレスターの重みも、心地いい。シンシアはくちづけの気持ちよさに、ついにはうっとりと目を閉じた。

……レスターがようやく唇を解放してくれたのは、シンシアがぐったりとシーツに沈み込んでしまってからだ。

「あ……はぁ……は……っ」

濡れた唇をしどけなく開いて、荒い呼吸を繰り返す。レスターは何かに耐えるかのように、熱い息をついた。その吐息が唇に触れただけで、シンシアは身震いしてしまう。

「……シンシア」

少し掠れた声で名を呼ばれただけで、心が震えた。レスターの大きな手が、シンシアの頬を撫でてくる。

「……あ……」

甘い吐息を漏らしてしまい、シンシアは唇を噛む。レスターの手は耳を撫で、そこから首筋に下りた。

「……まさか、俺が君を亡きものにしようとしてると思われていたとは……どこをどうしたら、これまでの俺を見てそう思えるんだ？」

レスターの指は、シンシアの肌をほぐすように所々を押し揉《も》んでくる。身を固くしていたから、そうされると気持ちがいい。自然と、シンシアの唇からは吐息がこぼれ続けた。

「あ……ん……っ」

「もし、君を殺すつもりだったら……俺にはいつでもできる。今、ここでも、こうして」

レスターの手が、シンシアのワンピースの襟を摑んだ。レスターが力を込めて押し開くと、前開きのそこはくるみボタンを飛び散らせながらはだけてしまう。

「……っ!?」

突然のことに、シンシアはくちづけの心地よさも吹き飛んで、声にならない悲鳴を上げた。

ワンピースの下は、薄いシュミーズだ。柔らかく肌触りがいい生地は、肌が透けるほどだ。

レスターの手は、シンシアの左胸に——心臓があるところを、押さえる。

薄布越しにレスターの掌の熱を感じて、シンシアは息を詰めた。

「君のここを、今すぐ刺し貫いている」

レスターの低い声に、ぞくりとした。レスターの強い怒りに、泣きじゃくりそうになる。

「……ごめ、んな、さい……」

いくら可能性があるといっても、コーデリアの話を鵜呑《うの》みにしすぎた。そのせいでレスターをひどく怒らせてしまった。申し訳ない気持ちが涙になって、目元からこぼれる。

レスターはその雫を認めると、大きく息をついた。何かを吐き出すかのように、深く長いため息だ。そしてレスターは、シンシアの身体に自分の身体を重ねてくる。

レスターの重みに、反射的に震えてしまう。レスターはしかしそれ以上の暴挙には出ず、シンシアの身体を優しく撫でた。

「……すまない。怒りに我を忘れた。もう何もしないから、泣かないでくれ」

「……レスター、さま……」

シンシアは、何を言えばいいのかわからず、レスターの重みを静かに受け止める。荒々しさが消えれば、彼の重みやぬくもりはとても気持ちがよかった。

「……すまん。もう大丈夫だ」

「……あ……」

互いの感情の高ぶりが落ち着くと、レスターの身体が離れようとする。シンシアは衝動的にレスターに手を伸ばし、広い背中に手を回していた。

引き戻されて、レスターが驚いたように息を呑む。

「……シンシア……?」

自分がしていることに気づいて、シンシアはハッとする。慌ててレスターから手を離した。

「……す、すみませ……」

「……いや、いいさ。ただ、不用意にこういうことはするな。男のすべてが紳士的というわけじゃない。そもそも紳士的な男とは、どれだけ理性を保てるかにかかってるんだ。それを君は、もっと学ぶべきだな……」

（じゃあ今、レスターさまは……理性が保てなかったということ……？）

ドキリ、とシンシアの心が震える。シンシアは思い浮かんだ問いかけを、口にせずにはいられなかった。

「レスターさまは私のことを……少しは魅力的な女性だと思ってくださっているんですか……？」

レスターは困ったように笑って、シンシアの髪を撫でた。

「君は、もう少し自分の魅力を自覚した方がいい」

レスターの手が、離れてしまいそうになる。シンシアは慌てて続けた。

「そ、それは、レスターさまも同じです。あまり優しくしていただけると……理性が、保てません」

「何故君が？」

レスターが、不思議そうな顔をする。レイフォードが以前に女心に疎いとは言っていたが、それを改めて実感してしまう。

……女性の方から言わせるなんて。

（……は、はしたない、かしら……）

でもここで伝えなければ、自分の気持ちをわかってもらえないだろう。シンシアは小さく息を呑み、勇気を振り絞った。

「レ、レスターさまが優しいと……わ、私のことを好きなのではないかと、期待してしまいます……っ。だ、だって私、レスターさまのことが好きになってしまったから……」

レスターが、丸く目を見開いた。琥珀にも見える金茶色の瞳が、まじまじとシンシアを見下ろしてくる。

穴が空いてしまいそうなほどじっと見つめられると、恥ずかしくてたまらない。シンシアは思わず両手で顔を覆った。

「見、見てはいけません……」

「……いや、見たい」

レスターの手がシンシアの手を摑み、強引に押し開いた。

間違いなく今の自分の顔は、耳まで赤くなっているだろう。その証拠に、レスターが笑った。

「……林檎《りんご》みたいだ。こんなに頰が赤くなることがあるんだな。真っ赤で……熱い」

レスターの掌が、頰を撫でてきた。シンシアは顔を背けようとするが、レスターの手がさりげなく阻《はば》んでくる。

「だ、駄目……恥ずかしい……ですから……」

「いや、可愛い。くちづけたくなる」

レスターの指が、つ……っ、と唇をなぞってきた。不思議と甘い刺激に、シンシアは身を震わせる。

「……くちづけ、してもいいか」

「……ど、どうして、ですか……」

「それは決まっている。俺が君を好きだからだ」

返された告白に、シンシアが驚いて目を見開く暇すらない。レスターの唇が、シンシアの唇に重なってきた。

「……う、ん……っ」

唇を押し割られ、熱い舌が差し入れられる。先ほどと同じように荒っぽい動きだ。ぬるぬるとしたしなやかな弾力ある感触は、先ほどよりも激しく動いた。

「……ん、んくぅ……」

再びの息苦しさに、シンシアはまた反射的に逃れようとしてしまう。レスターがシンシアの舌先を甘く噛んだ。

「……んっ」

「あまり、逃げないでくれ。……ひどく、してしまいそうになる」

唇をわずかに離して、レスターが言う。低い囁きは熱い吐息混じりのもので、それが唇に触れただけでもゾクゾクした。

「ごめ、んなさ……息が、うまくできなく、て……っ」

「……ああ」

ようやく理解できたというように、レスターは頷く。そして、小さく笑った。

「……そうか。君は俺が初めてか。この唇を、誰にも許してなかったのか？」

シンシアは大きく胸を上下させながら、当たり前だと頷いた。

「だって唇は……好きな人に捧げるのが、基本です……そうしたいと、思います……」

勿論自分の立場を考えれば、そうでない場合もあるだろう。けれどやはり、乙女としては大事にしたいことの一つだ。

レスターが、シンシアの蒼の瞳を覗き込むようにしながら、楽しげに笑った。

「君は、ロマンチストだな」

「す、すみません……」

「いや、可愛らしいと思っただけさ。……ただ、俺は少し違う。欲しいものがあって、それが手に入るとわかったら——迷わず捕まえる」

「ん……あ……っ」

「男とは、そういうものだ」

レスターの唇が、再び深くくちづけてくる。シンシアが息苦しさに顔をしかめても、やめない。レスターは唇をわずかに離して、熱く囁いた。

「息の仕方は……こう。こうやって、してみろ」

「ん……ふっ、う……うっ」

レスターが教えてくれるように呼吸するが、上手くいかない。できるようになるまで少し待って欲しいと思うのに、レスターはさらに新たな刺激を与えてくる。シュミーズの上から、胸の膨らみを両手で包み込んできた。

「ん……っ!?」

下から上に押し上げながら、レスターの手は柔らかな膨らみを揉みしだいてきた。そんなことを誰かにされるのは初めてで、シンシアは大きく目を見開く。

薄い生地越しに感じるレスターの手は大きく、熱かった。

「ん……んく……う……っ」

角度を変えて絶え間なくくちづけられて、頭がくらくらしてきた。レスターのぬるつく舌の感触が、ただ気持ちよくてたまらなくなる。ほんのわずかな刺激でも、ビクンと反応してしまって恥ずかしい。

「あ……だ、駄目……っ」

十本の指がそれぞれに動いて、膨らみに沈み込む。コルセットの上で、膨らみがレスターの指に合わせて変わっていくのが感じられた。

身体が熱くなって、息苦しい。コルセットを外して欲しくなる。

中でも特に、下半身にじんじんと痺れるような熱が生まれてくる。その熱は鼓動とともに全身に広がって、シンシアを惑乱させた。

「駄目……もう、触らない、で……」

(おかしくなってしまう……!!)

だがレスターは、動きを止めない。シンシアの唇を解放すると、濡れたそれはこめかみから耳へと移った。舌でねっとりと、耳の外殻《がいかく》を舐め上げてくる。

ぞくりと震えるような快感が走り、シンシアは身を捩《よじ》った。だがレスターが身体の重みをかけているため、巧みな熱い舌の動きから逃げ出せない。

「小さくて、可愛い耳だ」

「んぁ……っ」

熱い息を耳中に吹き込むように囁かれて、シンシアは身を竦める。レスターは舌を尖《とが》らせると、耳穴に押し入れた。

「……ああ……っ」

ちゅくちゅくと音を立てて耳の穴を舐め回されて、不思議な気持ちよさがやって来る。シンシアは首を振ろうとするが、力が抜けてしまって上手くいかない。

舌が動くと唾液が絡む音が聞こえて、恥ずかしい。なのに、肌が火照《ほて》る。力が抜けていく。

レスターはシンシアの耳を舌で犯しながら囁いた。

「……ここも、可愛らしい」

レスターの指が、胸の頂《いただき》をくっと押した。丸く押し揉まれて、シンシアは小さく喘ぐ。

「あ……っ！」

「見てみろ。ここがこんなふうに固く立ち上がるのは、感じている証拠の一つだ」

レスターの声に反射的に自分の胸を見下ろしてしまえば、ツンと起《た》って薄布を押し上げている粒がわかる。レスターはその二つの粒を指でつまみ、押し潰すようにして擦り立ててきた。

「……は、あ……やあ……っ」

「……とても可愛い……」

レスターが、シンシアの胸に顔を埋める。舌先が薄布越しに頂を押した。

「……は、ん、んん……っ」

次には口の中に含まれて、唾液で濡らされる。

レスターの舌が上下左右になぶってくると、そこはさらに固く尖ってくる。軽く甘噛みされると、シンシアは身悶《みもだ》えた。

「……は、はふ……も、もう……嫌……っ。こ、これ以上は……っ」

「それは俺に、死ねと言っているのと同じことだぞ」

レスターはシンシアのワンピースを邪魔なものだと言いたげに、剝《は》ぎ取る。驚く間もなくシュミーズもコルセットも脱がされて、これまたあっという間に薄い下着と絹の靴下だけにされてしまった。

あまりにも性急な行為は、レスターの余裕のなさを表していたのだろう。だが今のシンシアは、そんなことは気づけない。

こんな格好にされて、恥ずかしさで死んでしまいそうだ。なのに、レスターはシンシアの肌に指を、舌を、唇を這わせてくる。

「……あ、ああ……っ」

シンシアの身体中を味わうかのように、レスターの舌であちこちに触れられてしまう。時折ちゅうっと音を立てて肌を吸われると、痺《しび》れるような心地よさがやって来た。

「……ああ……っ!!」

「……綺麗な肌だ」

レスターの感嘆した声に、ぞくりとする。自分の身体を誉められて嬉しくなるが、それ以上に恥ずかしい。

レスターが胸を摑み、ぎゅっと中心に寄せる。二つの胸の頂をいっぺんに舌でなぶられて、シンシアはシーツを摑んで仰け反った。

「は、はあ……っ!!」

「……ん……気持ちがいい、か……?」

「……んん、ちが……っ」

確かにレスターの言う通りなのだが、認められるわけもない。軽く仰け反ればシンシアの下腹部がレスターの身体に触れ、その熱さにびくりとしてしまう。

このままだとどうにかなりそうで、シンシアは逃れようと知らずに上体をずり上げてしまう。だがそれは、レスターにとっては好都合な仕草だ。

胸の膨らみをなぞりながら、レスターの舌はシンシアの動きに合わせてゆっくりと下っていく。平らな下腹部へ——臍《へそ》の窪みを舌先で丸く舐められて、シンシアはハッとした。

いつの間にやら軽く膝が立っていて、開いている。レスターの逞《たくま》しい身体はその間に割って入っていた。

「……や……な、何……っ？」

「俺が何をするつもりなのか、君はわかっているはずだ」

レスターの指が、シンシアの下着を引き下ろす。片脚を器用に抜かれたが、もう片方はそのままだ。

レスターの唇が、淡い金色の茂みにくちづけた。ふっくらとした恥丘を、レスターが啄《ついば》むようにくちづけてくる。

「ひぁ……っ？」

とんでもないところにくちづけられ、シンシアは仰天して上体を起こそうとした。だがそれよりも早くレスターが頭をさらに沈め、舌先で茂みをかきわける。

「ああ……まだ誰も知らない純真な蕾《つぼみ》だ」

「……は、あ、あ……っ。な、何を……っ」

「ここを、こうして可愛がってあげるんだ」

「だ、駄目……っ。きたな……っ」

茂みの中にひっそりと隠されている秘密の場所を、レスターの舌が暴いてくる。まだ震えて閉ざされている花弁を、レスターの舌がねろりと舐めた。

「……あ、あぁっ!!」

電撃が走ったかのような快感に、ビクンッと腰を跳ね上げる。だがそれは、レスターの唇に自分の秘所を押しつける格好になってしまった。

レスターの両腕が、シンシアの太腿をさりげなく――けれどもしっかりと押さえている。

たっぷりと唾液を乗せたレスターの舌が、蜜壺の入口に押し当てられる。生温かくぬめった――けれどもしっかりと弾力のある感触に、シンシアは目を見開いた。

「は、う……っ」

レスターの舌が、おもむろに上下に動いた。しばしそうしたあと、舌先がぬちゅり、と花弁を押し割って入り込んでくる。

「……はう、あっ、ああっ！」

初めて知る感覚は、とても気持ちがいい。レスターは中をまさぐるようにしただけではなく、濡れた舌先で、ぷっくりと膨らみ始めた花芽を舐め回してきた。

ちゅっ、ちゅっ、と軽く音を立てて啄まれ、舌で転がされる。痺れるような甘い疼きが腰の辺りに溜まっていき、それが愛蜜となって滲んでいくのがわかった。

「濡れてきたな……奥は、どうだ？」

太腿に絡んだ片方の手が動き、シンシアの花弁を優しく押しわけて、浅い部分の肉壁を擦ってきた。

「……んあっ」

舌で愛撫されながらの新たな刺激は、初めてのシンシアには強すぎる。快楽の涙をこぼし身を震わせると、シーツを摑んだ。……逃げる力は愛撫にすべて吸い取られて、もう出てこなかった。

「……ん……シンシア……君の蜜は想像以上に甘い」

いったい何を想像したことがあるのかと、意識が蕩《とろ》けていなければ問い詰めたいところだ。優しくて紳士的だと思っていたのに——もしかしてレスターは、たがが外れると欲望にとても忠実になってしまうのだろうか。

レスターの舌が、ぬちょぬちょと花芽を転がす。花弁を撫でていた指はシンシアの蜜で濡れた。

愛蜜でたっぷりと濡れた指が、シンシアの蜜壺の中にそっと押し込まれる。

「……は……あ、駄目……入れちゃ、駄目……っ」

レスターの指は、シンシアが驚くほどあっさりと根本まで入り込んだ。

骨張った指の異物感に、息を整える間も与えられない。指先が鉤状《かぎじょう》に曲げられて、ゆっくりと蜜壺の中を出入りし始めた。

「……あ……ああっ」

レスターの指先が、熱く濡れた肉壁を擦ってくる。時折突かれたりもして、シンシアの身体はビクビクと意思に関係なく跳ねた。

「ここが、好《い》いか？」

「あ……いや、いや……っ!!」

反応したところを、レスターがしつこく押し揉んでくる。シンシアは泣きじゃくるようにしながら、首を振った。

「……あ……やめて！　おかしく、なる……っ!!」

身体の熱は高まり続け、信じられない快感が下腹部に溜まっていく。自分の意思などまったく関係なく身体が身悶え、跳ねて、震える。このままでは、おかしくなってしまう。

レスターはシンシアの反応に、何故かひどく嬉しげに笑った。おもむろに頭を上げて、シンシアを見下ろしてくる。唇はシンシアの蜜で濡れ光り、それをレスターは見せつけるようにしながら舐め取った。

快楽の涙で視界はけぶっていたが、レスターの仕草はわかる。とても、いやらしい。なのに——目が離せない。

男の艶に、魅入られる。

「レ、レスターさま……指……抜い、て……」

「すまないが、それは聞いてあげられないな。ここをほぐして柔らかくしておかないと、君が辛い思いをしてしまう」

「……あ……っ？」

「もっと、濡れるんだ」

レスターの指が、再び激しく動いた。蜜壺の中を、ざらついた天井を擦りながら出入りする。蜜が絡んで、ちゅぷじゅぷと淫らな水音が上がった。

シンシアは身を捩り逃げようとするが、レスターの身体が押さえつけるように重なってくる。

た。

「……あ、あふ……ああっ！　ああ！」

あられもない声を、抑えられない。レスターの指は二本になり、それが絡んで押し込まれた。

蜜が絡み、さらに水音は高くなる。身体の熱は高まり続け、意識がどこかに連れて行かれそうだ。それが怖くて、シンシアは首を振る。

「……嫌、やあ……レスターさま、レスターさま……っ」

この恐怖をどう伝えればいいのかわからず、シンシアはただレスターの名を呼ぶ。その声は甘く切迫していて、男の欲情を煽《あお》ることにシンシアは気づいていない。

「大丈夫だ、俺が見ている。達《い》くんだ」

「んぁ！」

レスターの指が、さらに激しく動いた。シンシアの腰が、びくびくと震える。レスターはシンシアの感じている顔を、じっと見つめていた。

その熱っぽい視線にも、感じてしまう。

「い……やあ……!!　見ない、で……っ」

「どうして。……とても、可愛い。いやらくて、艶めいていて……とても、そそられる……」

レスターはじゅぷじゅぷと指を抽挿《ちゅうそう》しながら、膨らんだ花芽を親指で捏《こ》ねる。シンシアの身体が、大きく仰け反った。

「……あああぁ!!」

レスターの身体に胸や下腹部を押しつけるようにして、達する。蜜壺から新たに愛蜜が溢れてレスターの手を濡らし、シンシアの内腿を伝い落ちていった。

はあはあと荒い呼吸を繰り返すと、瞳から涙が溢れてくる。レスターはシンシアの涙を美味な甘露《かんろ》を味わうように、舐め上げた。

「……大丈夫か?」

「こんな……恥ずかしくて……死んでしまいそうです……」

シンシアは真っ赤になりながら、レスターに答える。だからもうこれ以上はやめて欲しいと暗に込めたのだが、レスターには通じなかった。

「そうか。でも、これからするのを経験したら、大丈夫になるさ」

「……え……え……いやあ!」

レスターの大きな掌が、シンシアの膝を摑む。膝を折り曲げたあと、ぐっと押し開いた。

達したばかりの蜜壺が、空気に晒《さら》される。熱く蕩けたそこに、外気は冷たく感じられた。たったそれだけの刺激でも、シンシアはぶるりと震えてしまう。

レスターが、低く笑った。

「君は、ずいぶんと感じやすい身体をしているようだ……」

「レスターさまっ、こんな……っ」

シンシアは両手を伸ばして、秘所を隠そうとする。だがそれよりも早くレスターがベルトを緩めて前をくつろがせ、高ぶった雄を取り出して当てた。

ぴたりと吸いつくように、レスターの雄の先端が、割れ目に触れる。外気とは違って、溶けてしまいそうなほどの熱さを感じた。

ちょうど伸ばした指に肉竿がわずかに触れてしまい、シンシアは衝撃に身を強張らせる。

（……な、に……今、の……）

熱くて、硬くて——脈打っていた。優しくて紳士的なレスターのものとはとても思えないほどに、凶暴なものだった。

レスターが、苦笑する。

「……仕方ないさ。君が欲しくてたまらなくなってしまった」

「……わ、私……」

レスターの男根に触れてしまった手をどうしたらいいのかわからず、シンシアは固まったままだ。レスターはシンシアの顳先に軽くくちづけて言う。

「俺の肩を、摑んでいてくれ」

固まってしまった思考では、言いなりになる。シンシアはレスターの広い肩を摑んで、今更のように彼がまだシャツを脱いでいないことに気づいた。

自分だけがほとんど全裸で、と恥ずかしがる前に、レスターの雄の先端が、ぬぷりと入り込んだ。

「……ひ……っ」

初めて男を受け入れる未熟な花弁が、強引に押し広げられていく。引き裂かれる痛みは生まれて初めての痛みで、シンシアはレスターの肩を掴む手に、渾身《こんしん》の力を込めてしまった。

「……う、く……」

「シンシア……」

甘く名を呼びながら、レスターの片手が花芽を弄る。軽くつまむようにして押し揉まれると、覚えたばかりの快感がやって来た。

端整な顔はシンシアの胸に沈み、舌や唇で膨らみや頂を愛撫してくる。そこからも再びの快楽がやって来て、痛みだけではなくなった。

「……ふ、う……」

甘い疼くような快感に息を吐くと、強張りが少し緩んだ。その機会を逃さずに、レスターが奥まで腰を突き入れる。

「……ああっ!!」

膜が破れた感覚を、じくじくとした疼痛《とうつう》とともに腰の辺りに感じた。

初な花弁が、レスターの太い肉竿にぎちぎちと押し広げられている。レスターはシンシアの蜜壺の中に自身を納めたまま、震える身体をいたわるように優しく撫でた。

「……シンシア、大丈夫か……？」

低い声が、シンシアの耳元で問いかける。シンシアは何度か深呼吸をして、痛みをやり過ごした。

「……だ、い丈夫、です……あ……」

自分の爪がレスターの肩に食い込んでしまっていることに気づき、慌てて離す。そして爪のかたちに窪んでしまった皮膚を、指先で撫でた。

「ご、ごめんなさい……」

「……俺のことよりも、君の身体の方が辛いだろう？」

確かにそうかもしれない。開かされている入口が、ずきずきと痛む。だがこのまましばらくじっとしていれば、痛みはおさまりそうだ。

シンシアはかすかに笑ってみせた。

「……このままじっとしていれば……大丈夫、です」

シンシアの答えに、レスターが苦笑する。

「君は本当に……可愛らしい。そうしてやりたいんだが……すまない」

「……え……あっ！　だ、駄目、まだ動かないで……っ」

レスターの腰が、動く。

ずるりと肉竿が引き抜かれ——抜ける前にまた奥へと入り込んだ。張り出した亀頭が蜜壺の天井を擦るようにしながら、抜き差ししてくる。

「ひゃ、あ、あ！」

「……シンシア……君の中は……いい。想像、以上だ……」

レスターが、緩やかに腰を振る。ずぶり、ぬぷり、と蜜壺の中を出入りされて、シンシアは身を震わせた。

「……あ……んんっ！」

レスターがくちづけてきて、繋がった場所を指で弄り回す。花芽を捏ねられて、腰の奥かららじんわりと快感が生まれた。

痛みの奥から、気持ちよさがやって来る。レスターの腰が突いてくるたびに、それは全身ににじんわりと広がっていった。

「あ……あ、何……っ？」

シンシアは思わず戸惑いの声を上げる。それがどうしてなのか、レスターにはすぐにわかったのだろう。

「よかった。気持ちよくなってきたか」

「……そんな、こと……っ」

その通りだが、恥ずかしくて認められない。レスターにはそのささやかな抵抗も、可愛らしく映るようだ。低く喉の奥で笑う。

「……その恥ずかしがる顔も、いい」

「……やあ……っ」

自分の顔を両手で隠そうとするが、レスターが許さない。シンシアの掌に自分の掌を重ねて、指を絡める。そして、シーツに押しつけた。

「安心しろ。君のその顔を見るのは、俺だけだ」

ぐんっ、とレスターの腰が、深く強く入り込む。シンシアの身体が仰け反り、腰が軽く浮いた。

「……ああっ!!」

レスターに腰を突き出すような格好になってしまい、繋がりが深くなる。……シンシア自身は、そのことに気づいていないのだが。

「……あ、あぁっ！　あ！」

張り詰めた先端が、奥を容赦なく激しく突き上げた。レスターが腰を動かすたびにぐちゅぐちゅと淫らな水音が上がり、肌がぶつかる音が重なる。

シンシアのしなやかな両脚はレスターの身体を受け入れて開き、あやしく揺れた。レスターはその膝裏に肩をねじ込ませる。

脚が上がり、身体を折り曲げるような体勢にされて、腰が浮く。レスターの雄がさらに深く入り込み、狭い蜜道の一番奥を、コツコツと突いた。

「……はあ、ん……っ!!　あ、あ……!!」

はしたない喘ぎは、やがてレスターの律動と重なり始める。力強く腰を叩きつけるかと思えば、腰をぐっと強く押しつけたまま捏ねるように動く。レスターの引きしまった下腹部に膨らんだ花芽や花弁が擦りたてられ、快感が高まった。

「あ、あ……ああ！」

レスターの手に、シンシアの指が食い込む。レスターはその痛みに煽られたかのように、

腰をさらに激しく揺すった。

狭い蜜壺の中を、レスターの雄は、感じる場所を探すように様々なところを突いてくる。気持ちよいところを突かれて声を上げれば、そこを執拗《しつよう》なまでになぶられた。

「……あ、ああ……っ」

痛みが、快楽に飲み込まれていく。シンシアが首を振ると、真っ白なシーツの上で豊かな美しい金髪が波打った。

レスターの身体がもっと深い繋がりを求めるように、覆い被さってくる。乳房が彼のシャツを着たままの胸板に押し潰された。

レスターはシンシアの項《うなじ》に顔を埋めて、耳裏に強く吸いつく。

「……あ……あっ!!」

ぞくぞくと身体が震えながら、シンシアはやって来る絶頂に包み込まれた。

「……あ、あああー……っ!!」

悲鳴のような喘ぎを放つとともに、シンシアの蜜壺が収縮する。うねる肉襞《にくひだ》がレスターの熱い男根を、締めつけた。

「……っ」

レスターもきつく眉根を寄せて、腰をぴっちりと奥まで押し入れる。シンシアの一番深いところで男の欲望が弾け、熱く濡らした。

「……あ、あぁ……っ」

打ちつけられる熱に、シンシアは小刻みに震える。レスターはシンシアの汗ばみ火照った身体を包み込むように抱きしめながら、柔らかくくちづけた。

「……シンシア」

呼びかけられる声には、いとおしさがたっぷりと詰まっている。シンシアはその響きに例えようのない幸せを感じながら、意識を眠りの中に落としていった。


目が覚めると、レスターの腕の中だった。シンシアと一緒にシーツの中に身体は入り込んでいるが、着替えた様子はない。

気だるさと下腹部に少しの疼痛を感じながら目を開けると、レスターが笑いかけてきた。

「……大丈夫か？　そんなに眠ってはいないぞ」

ぐっすりと眠ったような気がするが、レースのカーテン越しに見える光にさほどの変化は感じられない。レスターはシンシアの髪を撫で続けてくれる。

掌の動きが気持ちよくて、シンシアはうっとりと目を閉じる。レスターがその額や目元に優しくくちづけてきた。

啄むようなくちづけは、軽くてくすぐったい。シンシアがクスクス笑いながらレスターを見返すと、今度は唇にくちづけられる。

舌がそっと唇を舐めてきて、口中に潜り込んできた。

「……ん……んん……っ」

ゆったりと、たゆたうようなくちづけを交わす。レスターは唇を離すと、小さく笑った。

「少しは呼吸ができるようになったようだな」

あれだけたくさんくちづけられたら、少しは学ぶ。

（ああ……そうだわ。私、レスターさまと想いが通じたんだ……）

シンシアの頬に、満たされた笑みが浮かぶ。レスターの指が、頬の丸みをくすぐるように撫でた。

「またそんな可愛い顔をすると、したくなる」

「……何を、ですか？」

思わずきょとんと返すと、レスターは少し意地悪く笑った。そしてシーツを捲る。

「こういうことを、したくなるんだ」

自分が裸の胸をレスターの目に無防備に晒していることにも気づかされ、シンシアは小さく悲鳴を上げて両腕で膨らみを隠す。

レスターが楽しげに笑い、横たわったままで器用にシャツを脱ぐ。そしてそれをシンシアの身体にかけてくれた。

レスターのぬくもりと香りが感じられて、落ち着く。だが同時に彼の半裸も目に飛び込んできて、恥ずかしい。

視線をさまよわせて赤くなると、レスターがますます笑った。

「このくらいでいちいち赤くなっていたら、大変じゃないのか」

「……だ、だって……その……わ、私は、レスターさまが初めてなんです……」

シンシアの返しに、レスターが軽く目を瞠った。それから、大きくため息をつく。

「あんまり可愛いことを言わないでくれ。暴走したらどうするんだ」

「暴走……?」

何が暴走するのかさっぱりわからず、シンシアは小首を傾げてしまう。レスターはシンシアの身体を優しく抱きしめ直した。

「……まあ、おいおい教えることになるんだろうな……」

レスターの呟きは、苦笑めいたものだった。

よくわからなくて、シンシアはレスターを見上げる。レスターはシンシアの唇に、ふいにくちづけてきた。

「ん……んん……っ」

舌を深く絡め合うくちづけに、シンシアの身体が蕩けた。しばし甘いくちづけに酔わされたあと、レスターは唇を離して囁く。

「……純真なのも、問題だな……」

【4】

アディンドン公爵邸に到着すると、メイドたちが出迎えてくれた。結局到着したのは、夕方近くになってしまっている。シンシアの帰宅を心待ちにしてくれていたことがわかり、すぐに応接間に案内してくれた。

明るい応接間にはコーデリアとアディンドン公爵がすでに待っていて、シンシアたちが姿を見せるとすぐにソファから立ち上がった。

「シンシア……!!」

数日ぶりに娘に会えた喜びを、公爵は笑顔で表す。シンシアは父親に走り寄ると、抱きついた。

「お父さま、ただいま！　心配かけてしまって、ごめんなさい……!!」

「無事ならそれでいい。もうどこもおかしいところはないのか？」

公爵が両手でシンシアの頬を包み込み、顔を覗き込んでくる。シンシアは満面の笑みを浮かべて頷いた。

「はい！　これもレスターさまのおかげです」

「そうか、よかった……」

公爵が改めてシンシアを抱きしめる。今度はふんわりと優しく包み込むものだった。

それから公爵はレスターに向き直り、深く頭を下げた。

「レスター殿下。このたびは娘のために、色々とありがとうございます」

「頭を上げてくれ、公爵。男として最低限のことをしたまでだ。わざわざ礼を言われることじゃない」

レスターの言葉に、アディンドン公爵は笑う。そしてシンシアと同じ蒼の瞳を、優しく細めた。

「『旅』は、終わりになりましたか？」

「……ああ。好きにさせてくれて、ありがとう。今は、彼女を守りたいと強く思っている」

急にそんなふうに言われて、シンシアは赤くなってしまう。シンシアとレスターの顔を交互に見たあと、公爵は深く頷いた。

「大変よいお顔になられました。陛下も安心されます」

「難しいお話はあとにしましょう、おじさま。殿下にお茶も差し上げないなんて、失礼よ」

「あ……っ、そ、そうね！」

コーデリアの言葉でそのことに気づき、シンシアは慌てる。レスターに感謝の気持ちを少しでも伝えられる行為なのに、出遅れてしまっているのが悔しい。

「いや、別に構うことはな……」

「そういうわけにはいきません」

コーデリアが言って、呼び鈴を鳴らした。直後に扉が開き、ワゴンでティーセット一式と色々な菓子が運ばれてくる。

香りのいい茶がカップに注がれ、レスターに渡された。

「どうぞ、殿下」

(す……素早いわ、コーデリア)

よく気配りができるのは、コーデリアの長所だ。シンシアはいつも見習わなければと思ってしまう。

「殿下がお見えになるし、シンシアの快気祝いも兼ねて、チェリーパイを作ったんです。シンシア、好きだものね?」

言いながら切り分けてくれるコーデリアに、シンシアは大きく頷いた。

「ええ、大好き!」

「……ふ……っ」

レスターが、直後に耐えきれないとでもいうように、小さく吹き出した。それでも一応堪えようとしてくれているが、肩も震えて唇もひくついていたらかなり説得力がない。

コーデリアから皿を受け取って、レスターは言った。

「甘いものが好きだろうとは思っていたが……今のは子供みたいだったな」

「……コーデリアのチェリーパイは、そのくらい美味しいんです……」

はしゃぎすぎたかと、赤くなってしまう。コーデリアが勧めると、レスターはパイを一くち口にした。

「……美味い」

「ありがとうございます」

飾らないレスターの誉め言葉に、コーデリアが嬉しそうに笑った。

姉妹のような存在の彼女が誉められるのは嬉しいのだが、少し嫉妬もする。想いが通じ合っても、この気持ちからはなかなか逃れられないらしい。コーデリアのチェリーパイはこれまでと変わらずに美味しいのに、素直にそう思えなかった。

「シンシア、君は、パイは作らないのか？　君のを食べてみたいと思ったんだが」

（その言い方は、ずるいわ……）

作れないわけではないが、コーデリアには劣る。シンシアは小さく言い返した。

「……あ、あの……コーデリアの方が上手です……」

「味がいいか悪いかは関係ないさ。俺は、君が作ったのが食べたい」

「殿下、それほどチェリーパイがお食べになりたいのでしたら、また私が作って……」

「いや、それは大丈夫だ。ありがとう」

穏やかに礼を言い返しながらも、レスターはコーデリアの提案をきちんとはね除ける。少し気分を害したのか、コーデリアが瞳に怒りを滲ませた。……だが、レスター自身は気にしていない。

「どうだろう？」

「わ、わかりました。でも、コーデリアより美味しくできなくても許してくださいね？」

レスターの笑みが深くなる。そこに恋人としての甘さが滲んでいるように思えて、シンシアは頬を赤くして俯いた。

話に一旦の区切りができると、レスターは公爵を見る。

「――アディンドン公爵、少し話をしたいことがあるんだが」

「まったく構いませんよ、殿下。では、場所を移しましょう」

自分たちに聞かせる話ではないのだろう。レスターの姿が見えなくなってしまうことが寂しくなって、シンシアは思わず言った。

「レスターさま！　あ、あの……よろしければ当家で夕食を……」

「ああ、そうさせてもらう」

快い返事にシンシアはぱっと顔を輝かせる。

父親と一緒に部屋を出て行くレスターを見送ったあと、シンシアは再びチェリーパイを口にした。その様子を見守っていたコーデリアが言う。

「ねえ、シンシア。私も夕食、ご一緒してもいいかしら？」

「勿論よ！　人数が多ければ、楽しい夕食になるわ！」

コーデリアが、満足げに笑う。その笑みに少しだけ寒気のようなものを感じたのは、何故だろう。

「コーデリア……？」

「あら、シンシア。お茶がもうないみたいね。いれてあげる」

呼びかけは、コーデリアの気遣いによって遮られてしまう。……自分でもよくわからない不安だ。わざわざ追求する気は起きない。

「ありがとう、いただくわ」

コーデリアが新たな茶を注いでくれたカップを、唇に引き寄せる。女だけ二人きりになったことで、コーデリアの気も緩んだらしい。

「ねえ、殿下と何かあったの？」

「……っ!?」

予想外の問いかけに、危うくもう少しで飲みかけの茶を吹いてしまうところだった。シンシアが慌ててカップをソーサーに戻してコーデリアを見返すと、彼女は何やら意味ありげな瞳を向けてきた。

「あやしいわ。どうしてそんなに慌てているの？　だいたい、どうして私だけ先に帰ることになったのかしら？　あなたの帰宅も、結構遅くなっていたし」

自分とレスターが想いを通じ合わせたことを言っていいものなのかどうか、まだわからない。父にもまだ話す機会を得ていないのに、いくらコーデリアといっても躊躇ってしまう。

「あ、あやしくなんてないわ。コーデリアが急に変なことを言うから……！」

「変なことじゃないでしょ？　あなたはレスターさまにふさわしい女性の第一候補なんだ

から」

……確かに、自分たちが恋人同士になることに何の問題もない。だが、レスターに無断で告げるのは嫌だった。大切なことだから、余計にそう思う。

「何もないわ」

「そうなの？　……じゃあ私にも希望はあるかしら」

「え……？」

コーデリアの言葉に、シンシアの鼓動が跳ねる。コーデリアは笑い返した。

「おかしいことではないわよ？　あなたが殿下を嫌だと言えば、身分的に次は私でしょう？」

確かにそうだ。でも。……シンシアは息を呑むようにして、尋ねた。

「コーデリアは……レスターさまのことが、好き……なの……？」

「殿下は魅力的な方よ」

コーデリアの言う通りだ。レスターの妻の座は、この国の女性たちにはとても魅力的だ。

国王の弟で、兄からの信頼も厚い。彼自身も優秀で、兄の片腕を見事に務め上げるだろう。

そして本人は見目麗しく誠実で、優しい。夫としては、理想的だ。

だがコーデリアの言葉には、たった一つ足りないものがある。

「……愛は、ないの？」

シンシアも、貴族の令嬢としての自覚はある。立場的に、恋や愛だの言えない結婚が身に降りかかるかもしれないことも、理解している。だがもしそうなったとしても、そこから想いを育みたいとも思う。

だって、人との触れ合いに大事なことは、『愛』だと思うのに。

(今回、私は運がよかったけど……)

「レスターさまの、『夫』としての条件ではなくて……『人』として、どう思うの?」

「人としても何も……殿下のことは聞こえた話しか知らないのよ。恋愛感情なんて、今の段階では持ちようがないわ」

「そ、そうよ……ね……」

当たり前のことを言われて、シンシアはそれでもがっかりしてしまう。コーデリアが不思議そうにシンシアを見返した。

「私たちのような者に、気持ちは関係ないでしょう? 家のためによりよい夫を見つける。私たちの仕事はそれだけよ」

「ええ、わかっているわ。でもそこに愛が少しでも生まれれば……いいとは思わない?」

「まあ……」

コーデリアが軽く口元を片手で押さえて、小さく笑った。少し馬鹿にされているようで、哀しくなる。

「シンシア、あなたは本当にいつまでも可愛いのね。でもそういう気持ちを持ち続けていられるのは、あなたがこの国でのトップレディだからよ。恵まれていることを、よく自覚してね」

「……コーデリア……」

「誰もがあなたのようになれるわけじゃないわ。私がそうでしょう?」

「え……?」

急にそんなふうに言われて、シンシアは戸惑う。コーデリアは頬にかかった髪を払いながら続けた。

「あなたと私は同じ一族の血を引いているけど、あなたはトップレディ、私は二番目。あなたがいる限り、ね……」

コーデリアの顔は、だんだんと無表情になっていく。何を考えているのかわからず、背筋がゾクリとした。

言い返す言葉が見つからず、シンシアは口ごもってしまう。コーデリアは優しく微笑み直すと立ち上がった。

「お父さまに、使いの手配をしてくるわ。帰りが遅くなることを言ってないの」

「え……ええ」

コーデリアが一旦立ち上がり、応接間にはシンシア一人だけになる。何とも言えない気持ちになって、シンシアは黙ってカップを口に運んだ。

(何だか甘いと言われているみたいで……)

シンシアはカップの中に大きなため息を落とした。

コーデリアも交えての夕食は、先ほどの彼女とのやり取りはなかったかのように、普通に終わった。

夕食の間、コーデリアはレスターにずいぶん積極的にアプローチしていた。その都度シンシアは不安に心を揺らしてしまったが、レスターはまったくなびかない。それどころか、コーデリアなど眼中にないかのようで、かえって彼女が哀れに思えてしまうときもあったほどだ。

食事が終わって少し茶の時間を過ごしたあと、コーデリアは名残惜しそうに自邸に帰っていく。レスターも自邸に戻るのだとわかっていたから、シンシアは少し寂しくなって彼を庭園への散歩に誘った。

誘われたことをレスターは喜んでくれたが、すぐに外には出ない。メイドにシンシアのストールを用意させる。

「夜風は意外に冷える。何か羽織らないと駄目だ」

相変わらずの心配性な言葉に、小さく笑ってしまいそうになる。だがレスターの真剣な表情で、すぐにシンシアは気づいた。

「レスターさまが心配性なのって……エミリーさんのせいですか……?」

レスターは答えなかったが、そうなのだろう。この過ぎる心配も、彼女を守れなかった後悔がそうさせるのだ。

シンシアはストールを羽織ってから、レスターの手を握る。

「私、事故に遭ったり病気になったりしないように、ちゃんと気をつけます。だからそんなに心配しなくても大丈夫です。そんなに気を張っていらしたら、レスターさまの方が疲れてしまいます」

「君とのくちづけがあれば、すぐに癒える」

レスターはシンシアを優しく抱き寄せて、唇に触れるだけのくちづけをしてきた。柔らかく優しいくちづけはとても甘く、情事の彼の激しさからは想像もつかない。

想いのまま激しく求められたときのことを思い出して、シンシアは頬を染めた。庭を一緒に歩いていたレスターがすぐにそれに気づき、心配そうに目を向ける。屋敷の窓からの灯りがあるが、この夜闇の中で実に素晴らしい観察眼だ。

「どうした？　顔が赤い」

指が伸びて、頬の丸みをそっと撫でてくる。その感触に、シンシアは情事の快楽に似たものを覚えて、かすかに身を震わせた。

（い、嫌だ、私……）

シンシアは慌てて答える。

「い、いえ……何でも……!!」

「ない、というのは駄目だぞ」

先を牽制《けんせい》され、シンシアはぐっと息を詰める。これでは正直に話さないと追求されそうだ。

シンシアは真っ赤になりながら言った。

「そ、その……レスターさまは普段はすごく優しいのに、あ、あのときは……とても激しかったので……っ」

「……っ」

まさかそんなことを言われるとは思っていなかったようで、レスターはひどくバツが悪そうな顔をする。そして大きく息をついてから、答えた。

「……『紳士』というのは、だ。どれだけ自分の理性を保てるかの度量にかかっていると言わなかったか？　……君のあんな姿を見たら、まず無理に決まっているだろう？」

今度はシンシアがなんと答えればいいのかわからず、俯く。レスターはさらに続けた。

「……あれでも、一応は抑えたぞ。本気を出したら、君が壊れてしまう」

（あ……あれで⁉）

シンシアは仰天してしまうが、レスターは至極当たり前の顔だ。恋人同士の本当の意味でのやり取りをまざまざと思い知らされて、再び赤くなる。

その様子を見て、レスターは渋い顔になった。

「……君がああいうのが好きでないと言うのなら……あまり、しないようにするが」

「い、いえ！」

思わず正直に答えてしまい、シンシアは俯く。はしたなかったかもしれない。

「す、すごく恥ずかしいんですけど……でも、レスターさまをとても近くに感じられて幸せだから、す、好き……です」

レスターが、笑う。少し意地悪げな笑みに、シンシアは瞳を瞬かせた。

「……そうか。なら君も、あれを気に入ってくれたということだな」

(え……あら……!? どうしてそうなってしまうの!?)

「あ、あの、レスターさま、何か少し違うような……」

「違わない。君はこれが好きなんだ」

レスターが足を止めて、シンシアにくちづけてくる。柔らかく唇を啄まれ、舌先でそっと舐められた。

シンシアを蕩けさせるくちづけだ。シンシアがレスターの腕に身を任せると、舌がそっと口中に潜り込んでくる。

「ん……っ」

優しく舌が絡みついてきて、ゆっくりと溶けていくようなくちづけを交わす。うっとりとくちづけに酔いしれてしばしのあと、レスターが渋い顔で名残惜しげに唇を離した。

「……ここまでにしておこう。外で君を抱くのは、まだ刺激が強すぎるし」

「……外っ!? 外で、あ、あんなことができるのですか!?」

シンシアは再び仰天し、驚きすぎて思わず問いかけてしまう。レスターは小さく笑って、温室の扉を開けた。

「まあ、おいおいに教えよう」

くらりと目眩のようなものを感じたが、これが恋人同士というものなのだろう。ならば自分がすることは、決まっている。

「……が、頑張ります」

「ふ……っ」

シンシアの反応が面白かったのか、レスターが低く笑った。

温室の中は、薔薇で満たされている。いつでも薔薇を見たいと願ったシンシアの亡き母のために作られた場所で、シンシアもここはお気に入りだった。

温室の中にはガーデンテーブルのセットが用意されており、そこにランプが置かれている。

シンシアが灯りをつけると、レスターが扉を閉めた。

閉ざされた温室内にレスターと二人きりなることに、妙にドキドキしてしまう。

「ちょうどよかった。君と二人きりで話したいことがあったんだ」

ぼんやりと明るくなったテーブルセットに、シンシアはレスターと並んで席に着く。

「はい、何でしょう?」

「アディンドン公爵に、君と結婚したいとお伝えした」

「……け……っ」

あのときの話が多分そうではないかと予想していたが、こうして聞かされるととても嬉しい。レスターはシンシアの手を取り、左手の薬指の根本に——結婚指輪をはめる場所に、そっとくちづけた。

「俺の、妻になって欲しい」

「……はい……っ！」

想いが成就《じょうじゅ》する嬉しさが、淡い涙になって目尻に滲む。レスターはその雫を指先で拭ってくれた。

「ならばすぐに兄上に報告に行こう。明日にでも、王城に行く」

「あ……明日ですか⁉」

それは確かに必要な報告だが、あまりにも急ではないだろうか。そもそも国王陛下に何の先触れもなく会いに行くなど、失礼極まりない。ここはきちんと手順を守らなければ、印象が悪いだろう。

「で、ですが、何の準備も……」

「俺が君と王城に行くことが、重要だ」

「え……？」

レスターが、金茶の瞳を鋭くさせる。シンシアが思わず息を呑むほどだ。

「……君を襲った男たちがいただろう？　あの男たちから、レイフォードが少し情報を聞き出せた」

少し、ということは、口を割らせたのか。……レイフォードが何をしたのか、あまり考えないようにする。

「まだ確定ではない。だが……コーデリア嬢があやしい」

何故ここで、コーデリアの名が出てくるのか。シンシアは驚いて目を見開く。

レスターはテーブルに肘をつき、組み合わせた指の上にかたちのいい顎先を乗せた。

「勿論、あの男たちは雇い主の名を口にしていない。だが、君がこれまで狙われていた状況を考えると、彼女以外いないいんだ」

「……どういうこと、ですか……？」

「君はこれまで身近なところでばかり狙われていたらしい。屋敷の大階段から落ちるように細工がされていたり、乗馬の練習用の鐙《あぶみ》が外れやすくなっていたり……それを、使用人たちが気づいて防いでくれていたんだ」

あまりにも身近にあった危険を改めて教えられて、シンシアは愕然とする。だがそれを、メイドたちが気づいて防いでくれていたのだ。彼女らへの感謝の気持ちを、改めて抱く。

「この状況を作り出せるのは、君のことをよく知り、さらには屋敷の内部のことをよく知っている者に限られてくる。そして君を傷つけて得する者で該当するのは、コーデリア嬢しかいない」

「そんな……」

シンシアはテーブルの上に乗せた指先を、小さく震わせた。

（……でも、証拠がないわ）

コーデリアは優しくて、自分の姉のような存在だ。その彼女が自分を害しようとしているなど、信じられない。

「……まだ、それは予想ですよね？　証拠はありません。私は……コーデリアを疑いたくは……ありません」

きゅっと両手を握りしめて、シンシアは言う。レスターがため息をついた。

「君がそう言うだろうとは、思っていたさ。だから彼女に尻尾を出させるためにも、王城へ行く。俺の婚約者として正式に兄上に報告すれば、彼女も何らかの動きを見せるだろう。そこを、摑む」

レスターの言葉は強く、容赦がない。彼の中ではもうコーデリアが犯人になってしまっているようだ。

「君は、必ず守る。だからこそコーデリア嬢のしていることを、俺は絶対に許せない」

コーデリアが犯人だという決定的な証拠を手に入れたら、レスターは何をするかわからない。シンシアは思わず声を高めた。

「で、ですがレスターさま、最初から疑ってかかるというのも……」

「シンシア、君が優しいことを俺は知ってる。その優しさが、俺の心を癒してくれた。だからコーデリア嬢にひどいことをしたくはないのだろう。だが、優しいということと見て見ぬふりをすることは、まったく違う」

「……っ」

軽く頰を打たれたような衝撃が、胸に来る。自分の甘さと弱さを、叱責された気がした。

レスターは、すぐに気遣いの笑みを浮かべた。

「きついことを言って、すまない」

シンシアは目を伏せて、首を振る。レスターの言うことは、正しい。

「いいえ、レスターさまのおっしゃる通りです。私はただ……姉のような存在であるコーデリアを、疑いたくないんです。それは、私の弱さですね……」

「己の弱さを正しく見れる者は、弱くない」

レスターの言葉に、シンシアは少し笑うことができる。そして、強く頷いた。

「わかりました。王城に行きます」


「メイドたちが騒がしいからどうしたのかと思ったら、王城に行くことになっていたなんて……あまりにも突然すぎて、驚いたわ！」

王城に行くための支度を手伝いながら、コーデリアは少し興奮した声で言う。シンシアは、少々曖昧な笑顔を返した。

——まだコーデリアへの疑いが全部晴れていない以上、このことを話すつもりはなかった。だがコーデリアはこの日の朝、忘れ物を取りにアディンドン邸にやって来て、この慌ただしさを問い詰めてきたのである。

話を聞いたコーデリアは母のいないシンシアを気遣い、王城に行くための支度を手伝ってくれることを申し出てくれたのだ。

いい夫に巡り会えるようにと思って自分磨きに努力しているためか、コーデリアは流行に敏感だ。シンシアも年頃の娘として興味がないわけでもない。だが、コーデリアには劣る。とても頼もしい助言をくれるだろうとは思うが、何とも微妙な気持ちになってしまう。

「そうね……瞳の色に合わせて、青いドレスにしましょうか」

コーデリアの見立ては、メイドは勿論のことシンシアにも充分に納得できるものだった。コーデリアはいつも通りで、自分を傷つけようとしているなどとても思えない。だがレスターがあそこまで言うのだから、思い違いではないだろう。レスターの警告が気になり、コーデリアに対して少しぎくしゃくした態度になってしまいそうだ。

そんなことには気づいていないコーデリアは、シンシアのドレス姿に満足げに頷く。

「……とても素敵だわ」

流行のドレスは上半身を細く見せ、スカートはふんわりさせるものだ。腹部は細いリボンで編み上げ状のデザインになっているため、上半身の細さがさらに露《あらわ》になる。

だがシンシアは、どうしても胸元が気になってしまう。襟刳《えりぐ》りが大きく開いているため、胸の膨らみがやたらと強調されているように見えるのだ。

「ね、ねえ、コーデリア。これ……少し恥ずかしくない？」

「何を言っているの、これくらい普通よ。ネックレスが映《は》えて、さらに素敵に見えるわ」

「そ、そうかもしれないけど……」

コーデリアは聞く耳を持たず、アクセサリーを選び、ヘアスタイルをメイドに指示する。

やがて姿見には美しいレディが現れた。

金髪を高い位置でまとめ上げ、後れ毛を緩く垂れ流している髪型だから、余計に襟刳りが気になってしまう。

（やっぱり大胆すぎるような……）

コーデリアが選んだアクセサリーは、ダイヤモンドのセットだ。イヤリングとネックレスに一粒の大きめのダイヤモンドがあしらわれている。鎖や台座は銀でできていて、派手さはないが清楚《せいそ》な印象が強く出ていた。

コーデリアは勿論のこと、メイドたちもシンシアのドレス姿に満足げな息をついた。

「素敵ですわ、シンシアさま！」

「ありがとう。……でもやっぱり胸が開きすぎのように思うの……」

「もう、駄目ね、シンシア！　これはこれでいいの」

コーデリアが押しつけるように言ってくる。シンシアは不承不承頷いた。

それを見て、コーデリアがため息をつく。

「何だか心配だわ……私も一緒に行っては駄目かしら？」

「え……？」

レスターの忠告が、再び胸によみがえった。……コーデリアが何らかの動きを起こすかもしれないという忠告が。

「それに、本当にあなたと殿下が恋人同士になったのか、ちょっと疑っているの。もしかしたら殿下は、自分の虫除け用にあなたを利用しているかもしれないじゃない？」

「そ、それは……」

確かに、コーデリアのような見方をする者もいるだろう。シンシアは反論できずに黙り込んでしまう。

（でも、レスターさまはあなたを疑っているのよ）

それなのにこんな行動を取ったら、その疑惑をさらに強めてしまう。シンシアは返答に詰まった。

「シンシア？　私、何か困るようなことを言ってしまった？」

「い、いいえ、大丈夫。でも一度、レスターさまにお話ししてみないと」

「そうね。待っているわ」

コーデリアをその場に残して、シンシアはレスターがいる客間へと向かう。レスターは少し早めに来ていて、ここでアディンドン公爵が話し相手をしているとあらかじめ聞いていた。

少し追い立てられるようにしながら、小走りで客間に向かう。ノックをして声が返るのを待ってから室内に踏み入ると、シンシアは思わず見惚れて立ち止まってしまった。

父と談笑していたレスターは、王城に行くということで礼服姿だ。白生地で仕立てられた服は、袖や裾を金糸で縁取りされたかっちりとしたデザインで、レスターの長身で引きしまった体躯にとてもよく似合っていた。

赤い髪も礼服に合わせて前髪を上げ、撫でつけている。端整な顔立ちが露になっていて、ほれぼれしてしまった。凛々《りり》しくて、騎士のようだ。

レスターの新たな一面に、シンシアは立ち尽くしたままだ。

だがレスターもシンシアと同じようにこちらを見つめて、言葉をなくしている。あまりにもじっと見つめられて、シンシアが居心地の悪さを覚えるほどだ。

「あ、あの……?」

「あ、ああ、すまない。とても綺麗で見惚れてしまった」

直球の誉め言葉に、シンシアは真っ赤になってしまう。自分も何か言わなければと、慌てて口を開いた。

「あ、あの……レ、レスターさまも、とっても素敵です……」

「……何か、照れるな」

「そ、そこでレスターさまに照れられてしまうと、私がどうしたらいいのかわからなくなります……!」

砂糖菓子よりも甘い二人のやり取りに、アディンドン公爵がひどく居たたまれなさそうな顔で咳払いをする。シンシアたちはその音でハッと我に返り、慌てて居住まいを正した。

「……知らない間にずいぶん殿下と仲良くなられたようだな、シンシア」

「す、すみません……」

「いや、幸せそうで嬉しいよ」

父親の娘を想う言葉が、嬉しい。シンシアは笑顔を向けたあと、少し心配げに問いかけた。

「あの……でもこの胸元……大胆じゃないかと思って……」

「――確かに」

父親はさほどでもないようだったが、レスターはすぐに頷く。

「流行だともわかっているし、君の素敵さが際立つけどな。恋人としては見せたくない」

ひどく真面目な顔で言われてしまうと、シンシアもアディンドン公爵もかえって恥ずかしくなる。シンシアは居たたまれなさを覚えながら、言った。

「……わ、わかりました。でも着替えている時間はありませんから……見られないようにあとで髪を下ろします」

髪を上げないで下ろせば、首回りを少しは隠せるだろう。レスターは仕方がなさそうに頷いた。

「……譲歩《じょうほ》するか」

「あ、ありがとうございます」

「では、行こう」

レスターが出発しようとするのを、シンシアは慌てて止めた。

「あの、コーデリアも一緒に行きたいと……私を一人で王城に行かせるのは心配だと言ってくれて」

レスターは公爵と顔を見合わせる。二人とも、引きしまった表情だ。

「……動いた、ということか。押さえた方がいいか……？」

「いえ、殿下、お待ちください。確かな証拠をまだ掴めていません。逸《はや》るのはいけません」

二人とも、コーデリアを敵として疑っているのがわかる。それが少し寂しく思えるが、状況だけではどうしてもコーデリアに分が悪い。仕方なく、シンシアは黙って二人が出す結論を待った。

「決定的な証拠を掴むためにも、泳がせましょう」

レスターが公爵を鋭く睨みつけた。

「馬鹿な……！　シンシアを囮《おとり》にしているのと同じことだぞ。できるか！」

「ですがはっきりとした証拠を掴めなければ、かえって殿下が不当に責められます。シンシア、お前はどうだい？」

父親の言葉にシンシアが迷ったのは、わずかな時間だけだった。

はっきりと事実を確かめずに疑惑だけを強めるのならば、確信を持ちたい。それがコーデリアにもいいと思える。

「レスターさま、コーデリアの同行をお許しください」

「駄目だ。危険がやって来るなら仕方ないが、自分から罠《わな》にかかりに行くようなまねは許せない。絶対に、駄目だ」

押し被せるような口調には、シンシアへの心配だけが込められている。それを嬉しく思いながらも、シンシアは続けた。

「でもレスターさま。私はちゃんと確かめたいです。このままでいたら、確認もしないのにコーデリアを悪者にしてしまいます。それは、いけないと思うんです」

レスターはシンシアの顔をじっと見つめてきた。金茶色の鋭い瞳に一瞬怯《ひる》みそうになるが、逸らさずに見返す。

……まるで互いに挑み合うようにしばらく見つめ合ったあと――レスターが大きくため息をついた。根負けのそれだった。

「……わかった、君の言う通りにしよう」

「レスターさま……！　ありがとうございます!!」

「だが、何か気になることがあったらすぐに俺に言え。あと、勝手に俺の傍から離れるな。それが聞けないのならば、駄目だ」

シンシアは大きく頷く。そのくらいならば、何ということもない。

「わかりました、おっしゃる通りにします」

シンシアはとても嬉しそうに笑う。レスターのため息がますます深くなった。

「……まったく……俺は結婚前からもう勝てんのか……」

呟きは、シンシアの耳には届かない。小首を傾げてしまったシンシアだったが、公爵には届いたようだ。彼は必死で笑いを噛み殺そうとしながらも、成功することができずに言う。

「殿下、結婚とはそういうものです。一つお勉強になりましたね」

「そんな勉強はしたくないがな！」

「……あの……どういうことですか?」

男性だけわかっているのが、シンシアには少し不満だ。だが問いかけに、二人はまるで申し合わせたかのように笑って答えた。

「いや、何でもない」


コーデリアの同行も許されて、王城へと向かう。途中でコーデリアの屋敷に寄り、彼女の身支度を整えた。馬車は一台だったがさすがにレスターの所有しているものであるため、三人が乗っても窮屈さは感じない。

二人掛けの椅子に、本来ならばレスターが一人で、シンシアとコーデリアが並んで座り、向かい合うかたちになるはずだった。だがレスターはシンシアを自分の隣に座らせる。……向かいに座ったコーデリアは特に不満な様子は見せなかったが、シンシアたちのなれそめなどを色々と聞いてきた。

「殿下は、シンシアのどこを気に入られたんですか？」

「そうだな……優しくて、頑張り屋なところか」

「まあ……それは、誰もが持ち得る素質ですわ。私もシンシアには優しいと言ってもらえていますし、自らを高めるために努力は惜しみません。シンシアの長所はありふれたところなんでしょうか？」

何だかシンシアをけなしているように思える言葉だ。レスターが少々不快げに眉根を寄せる。

「コーデリア嬢、そういう言い方はどうかと俺は思うがな」

「まあ……申し訳ございません。別に変な意味はありません。殿下のおっしゃりようだとあまりにもおざなりのような気がして……本当に殿下がシンシアをお好きなのかどうか、疑わしく思えてしまっただけです」

レスターの瞳が、厳しく引きしまる。

シンシアは慌ててコーデリアの方に身を乗り出し、潜めた声でたしなめた。……この距離では、レスターに間違いなく聞かれてしまうが。

「コーデリア。レスターさまに対して失礼よ」

「あら、そんなことはないわ。どんなに高位の方でも、私の妹代わりのようなシンシアを差し上げることになるんだもの。ちゃんとお心がシンシアにあるのかどうか確かめるのも、私の役目だと思うわ」

「……俺が、シンシアに遊び半分で手を出していると？」

「ありえないことではないでしょう？　殿下は王弟ですもの。ちょっと気に入ったらその子を手に入れて捨てても、文句を言われる立場ではありません。可愛いシンシアを、そんなかわいそうな目に遭わせるのは嫌ですから」

にっこりとコーデリアは笑って言う。王弟に対してずいぶんとふてぶてしい態度にも見えたが、その分、本当にシンシアのことを大切にしているようにも見えた。

レスターはコーデリアに対しての疑惑を消してはいないようだったが、少し感心している。王弟に対してでもこれだけのことを言える度胸は、レスターのような相手には好意的に映るのだろう。……大切なものを守るために、頑張れるという意味で。

レスターは、小さく息をついた。

「確かに、コーデリア嬢の言う通りだ」

「ですから、ちゃんと殿下がシンシアのことを大切にしているのかどうかを、しっかり見せていただきます」

(コーデリアが敵だなんて、嘘よ)

「……コーデリア……ありがとう」

シンシアは、コーデリアの手を握りしめる。彼女は大したことではないというように笑いかけた。

「お礼なんて言わないで、シンシア。私たちは姉妹みたいなものでしょう?」

「ええ、そうね。大好きよ、コーデリア」

シンシアは姉に対して言うように告げる。コーデリアも満面の笑みを浮かべて頷いた。

「……ええ。私も大好きよ、シンシア」

王城に着くと、先触れを受けていたメイドたちによってすぐさま控えの間に迎え入れられた。

父の立場上、王城を訪れたことは何度かある。だがそれは、公爵令嬢としての社交的で儀礼的なものだけだ。こうして王弟の婚約者として国王に面会するのは初めてで、ひどく緊張してしまう。

柔らかな心地よいソファに腰を落ち着かせても、膝に置いたシンシアの手はきつく握りしめられていた。それに気づいたコーデリアが、心配そうに顔を見返してくる。

「シンシア、大丈夫？」

「え、ええ。ちょっと……緊張しているだけだから」

「お茶でも飲んで、落ち着いて」

テーブルに茶の一式が整っていたが、シンシアはそれに手をつけることもできずにいた。カップに注がれた茶はもう冷めてしまっているのかと思ったらしく、コーデリアが新たなカップをメイドに用意させる。

情けない、とシンシアが思ったとき、隣に座っていたレスターの手が、膝のそれに重なった。レスターの白手袋の手が、シンシアの手をきゅっと握りしめてくれる。

手袋越しのぬくもりに、ドキドキしてしまう。レスターは何も言わなかったが、その温かさがシンシアの緊張を柔らかくほぐしていった。

（……もう……レスターさまにはかなわないわ……）

向かいに座っているコーデリアには、テーブルがちょうど陰になっているためにこちらのやり取りに気づくことはできなかったようだ。変わらない様子で新しいカップに茶を注いでくれ、シンシアに渡してくれる。

「どうぞ。……どうかした？」

「あ……い、いいえ。何でもないわ」

ソーサーを受け取るために、シンシアはレスターの手からそっと自分の手を引き抜く。離れてしまったぬくもりは寂しかったが、シンシアの緊張はもう消えていた。

温かい茶を口に含んで、シンシアは笑顔を浮かべる。

「美味しいわ」

——その直後、扉がノックされた。メイドが謁見《えっけん》の間へ案内するためにやって来たのだろうと、シンシアはコーデリアとともに慌てて立ち上がる。

しかし扉が開いてそこから姿を見せたのは、くつろぎの服装のエドガー国王だった。

レスターによく似た面差しをしながらも、こちらは少し厳格さを持っている。それが国王と王弟の違いだろう。だが口調は、レスターとは違って柔らかい。

ベルレアン国王エドガーは、シンシアたちを見回して笑顔を浮かべた。

「やあ、待たせてしまってすまなかったね。一つ手こずっていた案件があったんだ」

まさか国王自身がここにやって来るとは思ってもいなかったため、不覚にも挨拶が遅れてしまう。てっきり謁見の間での対面だと思っていたのだ。……さらに加えて、エドガーの格好も正装からはほど遠く、自室でくつろいでいるときのようなシャツとズボンという格好だ。

シンシアはコーデリアとともに茫然としてしまう。

だが、レスターの方は別段驚いた様子もない。それどころか、ある程度予想していたようでもあった。

軽く息をついて、レスターは立ち上がった。

「兄上、時々その悪戯を仕掛けるのはやめてください。シンシアたちが驚いています」

「うん、そのつもりで来たんだからいいんだ。そもそも未来の妹になる子に、着飾った姿ばかり見せてもしょうがないだろう?」

レスターは呆れたように肩を落とす。そしてシンシアに耳打ちした。

「すまない、シンシア。兄上は本来、こういう性格なんだ」

「……い、いえ……あの……少し、驚いてしまっただけなので……大丈夫です」

シンシアもレスターの方へ身体を傾け、同じく耳打ちする。とはいえ、身長差があるため踵を上げるのは必然で、見ている側からするととても微笑ましく可愛らしい仕草だ。

エドガーが、レスターに笑いかけた。

「何だい、レスター。もうずいぶん仲良くなっているみたいだね」

「……あ……っ、し、失礼しました」

シンシアは頬を染めて身を縮めてしまう。レスターはシンシアの肩を抱いて優しく引き寄せながら、頷いた。

「それは、勿論ですよ、兄上」

「……何だろう、何だかとても殴りたくなるな」

エドガーの呟きに、レスターは低く笑う。その笑みはとても柔らかで温かいものだった。シンシアが思わず見惚れてしまうほどだ。

エドガーは、弟の笑顔にとても幸せそうな笑みを返す。近づくと、レスターの肩を軽く叩いた。

「もう、大丈夫なんだね？」

レスターは強く頷いた。

「ご心配をおかけしました」

「弟が兄に心配をかけるのは、ある意味当然のことだよ。心配かけてもらえなかったら、僕が兄としてずいぶん情けないじゃないか」

久しぶりに国王兄弟の仲の良さを目の当たりにして、シンシアも何だか嬉しくなる。だからこそこの兄弟に愛されて大切にされていたエミリーがいないことが、同時に寂しくて哀しかった。

（エミリーさんと、姉妹になれたかもしれないのに）

シンシアの表情にいち早く気づいたレスターが、すぐに声をかけてくる。彼は本当にこちらの心の機微《きび》にとても敏感だ。

「どうした？」

シンシアは慌てて笑みを浮かべ直しながら、答えた。

「な、何でも……」

「シンシア」

レスターが、少したしなめるように名を呼んでくる。シンシアは仕方なく言った。

「エミリーさんがいてくれたら、姉妹になれたのになと思って……」

エミリーが義妹であることをコーデリアは知らないため、シンシアの声は潜められている。

シンシアの言いたいことを受け止めて、レスターもエドガーもとても嬉しそうに笑った。

「ああ、そうだな。一番残念がっているのはエミリーだろう」

「レスターの言う通りだね。エミリーは可愛いものが大好きだったから、きっとシンシア嬢のこともすぐに気に入ったはずだよ」

可愛いもの。ではテディベアを詫びの印に選んだ根拠は、エミリーだったのか。

エドガーが、上座の一人掛けソファに腰を下ろす。レスターと同じ金茶の瞳が、コーデリアを捉えた。

まだきちんと挨拶をしていないことに気づき、シンシアは慌てて言った。

「陛下、ご挨拶が遅れてしまって申し訳ございません。アディンドン公爵の娘、シンシアです。本日は突然お時間をいただきまして、ありがとうございます。こちらは私の同行者で、いとこのコーデリアです」

コーデリアがスカートをつまみ、腰を落とす。実に優美な礼だった。

「コーデリアと申します」

「ああ、話はアディンドン公爵から聞いているよ。でも、どうして同行してきたんだい？」

受け取りようによっては、コーデリアを煙たがっているように思える。だがコーデリアに、大して堪えた様子はない。むしろ堂々とした態度で、答えた。

「レスター殿下が本当にシンシアのことを好きなのかどうか、見極めるために同行させていただきました」

「……本当に好きなのかどうか？」

エドガーの頬に、不快げな色が滲む。弟の気持ちを疑われていることはどう見ても明らかで、彼は睨むようにコーデリアを見返した。

「それは、僕の弟が女性に対して不実だと言いたいのかな」

「そういうわけではありませんが……シンシアは私の可愛い妹のような存在です。高位な御方ほど、女性に対してはだらしないところもあります。レスターさまがそうとは思えませんが、姉代わりとしてとても心配しているだけです」

「……そう」

変に取り繕うことなくきっぱりと言い切ったところが、エドガーにそれ以上の反論を許さないものとなる。エドガーは、大きくため息をついた。

「コーデリア嬢はずいぶんとお心強い令嬢だね。わかったよ。二人にはしばらく王城に滞在してもらおうか。シンシア、その間ここでは存分にレスターといちゃつきなさい」

「……は、はい……っ!?」

国王の命とは思えないような言葉に、シンシアは思わず裏返った声で答えてしまう。エドガーは今度はレスターに言った。

「お前も、馬鹿にされないようにしっかりいちゃつくように」

「畏まりました」

レスターの方も、ひどく真面目な表情で頷く。シンシアは恥ずかしさで真っ赤になり、どうしていいのかわからない。

ただコーデリアが射貫くように自分たちを見ているのが気になった。


王城への滞在が許され、シンシアはレスターの居住する棟にある客間へ案内される。コーデリアはその隣の部屋だ。

急な滞在になったものの、着替えも日用品もエドガーの命で用意され、まったく問題ない。シンシアが肌触りのいい布地で仕立てられたワンピースに着替えたところで、コーデリアがやって来る。コーデリアもまた、用意されたワンピースに着替えていた。

「王城に滞在させていただけるなんて、思ってもいなかったわ！」

コーデリアの声は、少し興奮気味だ。シンシアも王城に滞在したことはないため、その気持ちはよくわかる。

高価なものばかりなのに、華美すぎないところがとてもエドガーらしいと思えた。廊下に飾られた絵なども有名画家の素晴らしい作品ばかりで、この部屋に来るまでに危うく何度も足を止めてしまいそうになったほどだ。

コーデリアは部屋にあるテーブルセットに腰を落ち着かせる。シンシアは向かいの椅子に座った。

テーブルには見事な細工のガラスボウルがあって、そこにチョコレートが入っている。チョコレートの細工もかなり凝ったもので、食べるのが勿体ないほどだ。

コーデリアはそれを指でつまみ取り、口の中に入れる。

「……美味しい……！　シンシア、あなたも食べてみて」

言われるままに、シンシアもチョコレートを口にする。口の中に入れるととろりと溶け、濃厚な味が口いっぱいに広がった。

甘すぎない味が上品で、とても美味しい。思わずシンシアの頬も綻んでしまう。

「本当、とても美味しいわ……！」

「王城だと、チョコレート一つでもこんなに美味しいのね。正直に羨ましいわ」

コーデリアが、小さくため息をつく。その頬に疲労の色が見えたように思えて、シンシアは言う。

「コーデリア……大丈夫？」

コーデリアの父の企業が上手くいっておらず、借金が増え続けているのは知っている。そのために、コーデリアはよりよい相手を探しているのだ。

娘として、多少は自由に使える資産がある。それでコーデリアの家に援助をしてはいたが、とても足りない。

しかしアディンドン公爵は、弟のミスを許していない。公爵の反対を押し切ってその事業に手を出したからだ。

自分で何とかできないときばかり頼ってくるなと、アディンドン公爵は厳しかった。

まだコーデリアの家が借金まみれなことは、社交界では知られていない。今のうちにと、コーデリアが裕福な相手を選ぶのに積極的なのはそのためだ。

だから自分を磨き、どんな相手にも気に入られるようにするのだろう。……レスターに積極的なのも、原因はそれだろう。

「あら、何が？」

もう一つチョコレートを口にしてから、コーデリアが問い返す。シンシアは心配そうにコーデリアを見返して続けた。

「何だかとても疲れているように見えたから……おじさまの方、またあまり上手くいっていないの？」

コーデリアは沈黙する。だがその沈黙が、何よりもシンシアへの答えになっていた。

コーデリアはすぐに場を取り繕うように笑った。

「優しいのね、シンシア。私は大丈夫。父の失敗は、娘が取り返すものだわ」

「……ごめんなさい。私もお父さまに、何度も許して差し上げるようにお話ししているんだけど……」
だが、それはまったく成功していない。それどころかそんな考えは、ためにならないから捨てなさいとまで指摘されるほどだ。父親の気持ちがほぐれるには、まだまだ時間がかかるだろう。
コーデリアはそっと首を振った。
「仕方ないわ。お父さまがおじさまの忠告をきちんと聞かなかったから、こうなってしまっ
たんだもの。これも、私の運命なのかもしれないわ」
「運命だなんて、そんな……もうそろそろ許して差し上げてもいいと思うわ。コーデリア、
私にできることがあったら、相談はしてね。私にできないことの方が多いかもしれないけど
……できることは、精一杯するわ」
「本当にシンシアは優しいわ。どうしてそんなに優しいの？」
コーデリアの問いかけに、シンシアは戸惑ってしまう。そんなつもりはない。
コーデリアの目は、何だかいつもよりも真剣味を帯びていた。半端な答えをしてはいけな
いと、本能的に悟る。シンシアはしばし考え込んだあと、続けた。
「私に……皆が優しくしてくれるからだと思うわ」
「どういうこと？」
「コーデリアもレスターさまも、メイドたちも……私に優しくしてくれるでしょう？　それ
は勿論、私の立場や身分のためにというのもあるかもしれないけど、優しくしてくれた事実

は変わらない。優しくしてくれたら、それを返せたらいいと思うわ。そうすると、心も豊かになるような気がしない？」

コーデリアはテーブルに頬杖をついて、シンシアの話を聞いていた。そして、コーデリアは笑う。……冷酷に。

（コーデリア……？）

「素晴らしい考えだわ、シンシア。だったらお願いが一つあるのだけれど」

「何かしら」

「殿下と婚約破棄をしてくれない？」

「……え……っ」

ドキン、とシンシアの鼓動が大きく震える。一瞬何を言われているのかわからず、シンシアは大きく目を瞠った。

コーデリアは笑みを浮かべたままで、続ける。

「あなたが殿下と婚約破棄をしてくれれば、次の婚約者候補は私になるわ。やっぱり殿下とおつきあいできないと言ってくれれば、それでいいの。殿下はとても優しい方だもの。自分のことを好きでもない相手を無理矢理妻にはされないでしょう。私は殿下の婚約者になり妻となって、自分の家を立て直すことができる。お願いできないかしら」

コーデリアの願いは、彼女の生活に関わることだ。コーデリアのためを思うならば、身を引くべきなのかもしれない。……だがシンシアは、すぐに唇を強く引き結んで首を振る。

「……それはできないわ、コーデリア。私、レスターさまのことが好きなの」

「好き……ね。そう……私のお願い、聞いてもらえないの？」

「ええ……ごめんなさい」

——沈黙が、落ちた。コーデリアは冷たい瞳を向け続けている。

永遠とも思える沈黙が、ふいに緩んだ。

コーデリアが、小さく笑う。今度はいつもの彼女の笑顔だった。

「ごめんなさい、馬鹿なことをお願いしたわ。忘れてちょうだい」

「いいえ。ごめんなさい、コーデリア」

「あなたが謝ることはないわ。あなたは殿下がお好きなのでしょう？　……殿下もそうだといいのだけど」

コーデリアが、席を立つ。まだレスターが本気でシンシアのことを想っているとは、感じていないらしい。

「夕食の席まで、少し休むわ。緊張したみたい」

「そうね。私もそうするわ」

シンシアは扉までコーデリアを見送る。笑顔で挨拶して、コーデリアは立ち去っていった。

彼女が隣の部屋に戻るのを見届けてから、シンシアは再び椅子に座った。

大した話をしたわけでもないのに、何だかひどく疲れた。コーデリアとこんな話をしたのは初めてだったからかもしれない。

（レスターさまに、会いたいな……）

ふいに、シンシアはそんなことを思ってしまう。レスターの顔を見られれば、沈んだ心もすぐに浮上しそうだ。

だが王城に戻ったレスターは、エドガーの補佐としての仕事がもう入ってしまっているだろう。エドガーが手こずっている案件の助言をレスターに求めてきたために、シンシアを部屋に案内する役目をメイドに譲ったくらいなのだ。

（お忙しいのかしら……そうよね、きっと……でも、夕食の席でお会いできるし……）

そう思って、心を慰めようとする。

夕食の時間まで、自分も少し休んでいようかと思い、シンシアはベッドへと歩み寄ろうとした。そのとき、扉がノックされた。

誰だろうと、シンシアは扉を振り返る。シンシアが声を上げると、来訪者はレスターだった。

「シンシア、今、少しいいか？」

「……は、はい……っ！」

シンシアは慌てて扉に走り寄り、開ける。レスターが少し疲れた顔で、姿を見せた。

「レスターさま……！　もう陛下とのお話は終わったんですか？」

「ああ、一応助言は終わった。しかし確かにあれは手こずる……兄上も俺なしでよくやっていらっしゃった」

招くと、レスターは首元のボタンを二つほど外しながら室内に入り、シンシアが座っていた椅子に腰を下ろす。シンシアはベルを鳴らしてメイドに茶の用意をさせた。

「お戻りになって早々に大変ですね……でも、それだけレスターさまのお力が必要とされているんです」

「ああ、そうだな。これまで自由にさせてもらった。これからは、兄上のお力になりたい」

シンシアはレスターの言葉に感慨深く頷いて、ポットの茶をカップに注ぐ。差し出すと、レスターは礼を言って笑いかけた。

「……うん、美味い。ほっとするな」

「お疲れだと思ったので、ハーブティにしてもらったんです。よかったです、お口に合って」

「そういう気遣いをしてもらえると、何だか嬉しくなるな」

シンシアは、レスターの隣に腰を落ち着かせる。大したことはしていないと続けようとするよりも先に、言われてしまった。

「君が俺のことを好きなんだと、実感できる」

かあ……っとシンシアの頬が赤くなる。レスターはそれを見ると、すぐにくすくすと笑った。

シンシアは自分の茶をカップに注ぎながら、少し頬を膨らませた。

「か、からかうなんて……ひどいです」

「君が恥ずかしがるのが悪い。少し慣れてくれないと、俺が困る」

「……レスターさまが困る……？」

だったら、もっとしっかりしなければ。

「ごめんなさい。どうすればレスターさまのご迷惑にならないでしょうか？」

レスターの笑みが、苦笑に変わった。

「そんなに気張ることはないさ。……ただもう少し慣れてくれないと、俺が君に手を出しにくい」

「……っ!!」

それが何を意味しているのかをすぐに悟り、シンシアは再び顔を真っ赤にさせた。

「……ど、どうしてそういうことをおっしゃるんですか、レスターさま！」

「いや、君がそういう反応をするだろうと予想していたから。……可愛いな」

レスターが、シンシアの方に身を乗り出してくる。何をしようとしているのかがわかるから、シンシアはぎこちないながらも動かずにいる。

レスターの唇が、シンシアの唇にそっと押しつけられた。

「……ん……っ」

シンシアの唇を、レスターの唇が柔らかく押し開く。そして温かい舌先が、そっと口中に潜り込んできた。

優しくゆったりと、レスターの舌がシンシアの口中をまさぐるように動いてくる。深く濃厚なのに優しくて、シンシアは思わず目を閉じ、うっとりとしてしまった。

「もう……こういうくちづけは、平気か?」

「ゆ、ゆっくり……なら……」

「わかった。ゆっくり……しよう」

「……んんっ」

ゆっくりくちづけてくれるから、呼吸も教えてもらった通りになんとかできる。長くゆっくりとくちづけられて、シンシアの頭はぼうっとしてしまった。

ぬるりと押しつけられた舌が、シンシアの舌を搦め捕る。唾液が混じり、レスターが小さく喉を鳴らした。

「……ん?」

レスターが、何か気づいたかのように喉の奥で声を出す。何か自分とのくちづけで変なところがあったのかと、慌てて唇を離そうとする。

だがレスターはシンシアの背中に片手を添えて、ぐっと引き寄せた。

「……チョコレートの甘い味がする」

「……あ……」

先ほど、コーデリアと食べていた味だ。シンシアはガラスボウルにあることを教えようとするが、再び重ねられた唇から深く舌を潜り込まされてしまう。

「……ん……んっ」

シンシアの口中に残っているわずかな甘みを探るように舌がうごめいてきて、身体が震えてしまう。シンシアは倒れ込みそうになり、レスターの腕を掴んだ。

震える指先が、レスターに限界を告げる。レスターは名残惜しそうにため息をつくと、シンシアから唇を離した。唇が唾液で濡れて、ようやく自由に呼吸ができるようになる。

大きく胸を上下させると、レスターがかなり残念そうに呟いた。

「……君が、まだこうだからな。手加減するしかない」

「……す、みません……」

「謝る必要はないさ。……そこが、可愛くてたまらないんだ」

レスターの指が、シンシアの濡れた唇をなぞる。そしてその指を、舐めた。

「慣れてもらえるよう、何でもしてやる」

シンシアは赤くなったままで、レスターにガラスボウルを差し出した。

「あ、あの……食べたのは、このチョコレートなんです。とても美味しくて、コーデリアも喜んでいました」

「コーデリア嬢と何か話したのか？」

「はい」

「……どうだった？」

もう悪戯をしてくるつもりはないようで、レスターは神妙な顔で問いかけてきた。シンシアは膝の上で指を組んだ。

「……レスターさまは本気で私のことを好きではないから……婚約を破棄して欲しいと

「……」

「なるほど」

レスターは小さく呟いて、チョコレートを一つ口に入れる。口の中で溶かしながら、顔をしかめた。

「……甘い」

「アップルパイくらいしかお食べにならないのに……いきなりは無理です」

シンシアはくすくすと笑う。

「婚約を破棄してくれ、か……コーデリア嬢の動きは早めに潰しておいた方がいいな。後々面倒なことになりそうだ」

「確かにそうですが……でも、どうされるんですか？」

レスターは、部屋の壁に目を向ける。それは、コーデリアの部屋を遮っている壁だ。

「シンシア。今夜、少し協力して欲しいことがある」

「私ができることでしたら何でも」

「そう言ってもらえると、助かる」

レスターが少し意味深な笑みを浮かべた。

てっきり晩餐《ばんさん》かと思ったが、シンシアたちを緊張させないためか、夕食はレスターの棟で行われた。そのため格式張ったものではなく、親族の者たちがとるような夕食の席となっていた。おかげでシンシアも、ずいぶん緊張をほぐして楽しく過ごすことができた。

デザートを食べ終えると、食後の茶となる。だがエドガーはそこまで同席はできず、明日の会議の下準備をするために退室してしまった。当然レスターもそれに追随するかと思ったが、少しシンシアと一緒に過ごしたいと言ってくれて、夜の庭園を散歩することになっている。

コーデリアはレスターと一緒に過ごしたそうだったが、彼はさりげなく彼女を間に割り込ませなかった。……コーデリアには悪いと思ったが、シンシアはレスターと二人きりで過ごせることが嬉しい。

他愛もない話をしながら、ゆっくりと庭園を歩く。レスターはシンシアと手を繋いでくれて、その指の温かさが恋人のぬくもりを宿していてドキドキしてしまう。自分を欲しがるときはレスターの紳士の仮面は見事に滑り落ちてくれるため、このときにもし求められたら
——と思うと、余計だ。

(で、でも、それを少し期待してる……とか……)

自分の気持ちの淫らさに、シンシアはぶるぶると首を振ってしまう。レスターが怪訝《けげん》そうに見返してきた。

「どうした?」

「いっ、いいえ!　何でもありません……っ!!」

今思っていたことを、とても口になどできない。シンシアは真っ赤になって慌てて言い返したが、幸いレスターは深く追求してこなかった。

ほっとしつつもレスターと夜の散歩を終えて、自室まで送ってもらう。扉を開けて室内に入ると、シンシアはレスターに就寝の挨拶をした。

「レスターさま、夜のお散歩、楽しかったです」

「ああ、俺も楽しかった。また明日」

「はい」

そのとき、かたん……っと小さな音が響いた。

隣のコーデリアの部屋からだ。もしかしたらまだ眠っていないのかもしれない。

レスターが、ふと悪戯っぽい笑みを浮かべる。その笑みに、何か嫌な予感を覚えたのはどうしてだろう。

「レ、レスター……さま……?」

「シンシア、協力してくれないかとお願いしたな？」

「……は、はい」

その約束は、確かに覚えている。だが、内容までは知らされていない。今ここで、それをするのか。

「何を……？」

「これから、兄上との打ち合わせだ。元気づけてくれないか」

「どうやって……ん……っ!?」

シンシアの問いかけた唇を、レスターが塞いだ。

驚いて目を見開くシンシアを片腕に抱き込むようにしながら室内に入り込んで、レスターは扉を閉める。ぱたん……っと閉じた扉に、シンシアの身体はそっと押しつけられた。

「……あ……ふ、う……っ」

唇を舐められ、押し割られて、舌が中に潜り込んでくる。欲情を露にしたくちづけはあっという間に舌を捕えて、甘噛みしてきた。

……この愛撫《あいぶ》は、弱い。すぐに身体から力が抜けてしまう。

「……ん……ん……っ」

レスターのくちづけで、シンシアの身体はあっという間に蕩けてしまう。膝が震えて、立っていられなくなる。扉に背中を預けて、シンシアはレスターの肩を掴んだ。

「レ、レスターさま……っ」

くちづけの合間に、シンシアが呼びかける。レスターは瞳を覗き込むようにしながら、唇を啄んだ。

「……すまない。君が、欲しくなった」

レスターの身体が、シンシアに迫る。ズボンの膝が、シンシアのスカート越しに両脚の間に押し込まれた。

格式張った夕食ではなかったため、着飾ったドレスではない。室内着のワンピースに近い気軽なドレスだ。ペチコートであまり膨らんではいないスカートは、レスターの膝をあっさりと受け止めてしまう。

レスターの膝が上がり、シンシアの恥丘を押し上げた。くっ、くっ、とリズミカルに押し上げられて、シンシアは身を捩る。

「……あ……っ」

レスターの唇が離れると、小さく声が上がってしまう。はしたない声に、シンシアは赤くなった。

レスターの肩から手を離し、唇を押さえようとする。だがレスターは、小さく笑ってシンシアのその手を舐めた。

「勿体ない。君はとても可愛い声をしているんだ。聞かせてくれ」

「で、も……っ」

レスターはそう言ってくれるが、羞恥はなかなか消えない。

レスターが低く笑いながら、シンシアの首筋をそっと撫でる。そしてそのあとを追うように、唇と舌が追いかけてきた。

舌が下り、喉元に吸いついた。ちりりとした痛みに似た吸いつきに、シンシアの身体がビクリと震えた。

「……あ……っ」

指の間から漏れてしまった喘ぎに、シンシアは慌てる。ドア越しにこの喘ぎが漏れたら、隣室のコーデリアに聞かれてしまうのではないか。

「……シンシア、聞かせろ」

レスターの手が、口を塞いでいた手を外す。片手でシンシアの手首を一纏めにしてしまうと、頭の上に上げて扉に押しつけた。

空いているもう片方の手が、襟元に潜り込む。背中に回って背筋のボタンを外し、生地を押し開いた。

素肌の背筋にレスターの指が、触れる。つつ……っと下る仕草にゾクリとすると、その指はコルセットのリボンをほどいていった。

「……あ……だめ……っ」

上半身が一気に解放感に包まれる。

レスターが縛めを解くと、腕が下りる仕草に合わせて前身頃が滑り落ちた。レスターの片手が前に回り、はだけられた柔らかな胸の膨らみを握り込んだ。

「……あっ！」

「まだ、男慣れしていない固い胸だ。柔らかくしてあげよう」

「……い、いりません……っ！　あ、はあ……っ!!」

レスターの手は、強弱をつけて捏ねるように揉んでくる。シンシアは首を振った。

「……柔らかくしないと、痛いだろう？　まだ君は、俺しか知らないのだから」

「……あ、つぅ……っ！」

ぎゅっと根本から強く握りしめられて、小さな痛みが生まれる。まだ未熟な乳房は、乱暴に扱えばしこりのような痛みがあった。

だが一つ、聞き捨てならないことを言われた。シンシアは淡く涙目になりながら、レスターの瞳を睨みつける。

「わ、私は……レスターさましか知らなくて、いいんです！　レ、レスターさま以外の男の人なんて……」

想像もできなかったが、嫌悪感はやって来る。ふるりと震えて目尻に嫌悪の涙を浮かべると、それはあっという間に粒になってシンシアの頬を滑り落ちた。

レスターはその雫を軽く瞠った目で見つめたあと、突然激しくくちづけてくる。

「……ん……んん……んぅ……っ」

シンシアの呼吸さえ飲み込むかのような深く激しいくちづけに、新たな息苦しさで涙が滲みそうだ。

「あ……はっ、はぁ……っ」

「……煽る、な……余裕がなくなるだろう……？」

「あ……きゃ……っ」

レスターの片手が、再び胸の膨らみを揉みしだく。熱い唇が耳の下に押しつけられ、唇で肌に痕をつけるようにくちづけられる。レスターは舌先で肌を舐めくすぐりながら言った。

「……恐らく、コーデリア嬢が俺たちのやり取りを聞いているだろう」

「……え……あんっ！」

レスターの指が、胸の頂を軽く引っかいた。甘い刺激にシンシアの身体が仰け反る。

レスターは立ち上がってきた頂をつまみ、くりくりと指で押し揉んでくる。シンシアは喘ぎを堪えようとするが、唇を噛みしめようとすると今度はレスターの唇にそこを含まれた。

レスターの口の中は熱い。舌でなぶられて弄られて、シンシアは息を詰める。レスターの膝がさらにシンシアの恥部を押し上げ、それで捏ねてきた。

「あ……う……っ」

深く飲み込むように胸を口に含んだレスターは、シンシアの乳首を口の中で激しく転がした。舌先でなぶられて、シンシアの身体はびくびくと震える。

シンシアの両手はすがりつくものを求めてレスターの肩を掴んだ。

レスターが唇を離すと、唾液の糸が引く。てらりと濡れ光る頂に、シンシアは頬を赤く染めた。レスターが唇を舐める。

「コーデリア嬢に、俺たちの仲の良さを見せつけてやろう」

「え……ええ……っ？」

だがこれは、とんでもないやり方ではないか。シンシアはそう言おうとしたものの、次の瞬間には甘く乳首に歯を立てられて、代わりに喘いでしまう。

「……あ……っ、あぁっ」

「可愛い声だ。本当に可愛くて……止まらなくなる」

「あ……レ、レスターさま……っ」

レスターが身を起こし、シンシアにさらに身を寄せてきた。シンシアのスカートをたくし上げて、素肌の脚に直接触れてくる。

レスターの指は熱をはらんでいて、触れられるだけでシンシアの肌を粟立《あわだ》たせた。

「……レスターさま……っ」

「君の脚は、とても綺麗だ。しなやかで、美しい。この脚が開いて、俺を受け入れることを考えると、それだけでぞくぞくしそうだ」

「……や……っ」

レスターの言葉はいつになく卑猥《ひわい》で、露骨すぎる。シンシアは言葉で辱《はずかし》められているようで、下腹部にじんとした熱を感じてしまった。

「そんなこと……おっしゃらないで……！」

「コーデリア嬢に聞かせるためだ。耐えてくれ」

本当にそうなのだろうか⁉

思わずそう問いかけたくなるものの、レスターの指は太腿をなぞり、靴下留めを軽く弄ってくる。その先に何をしようとしているのかがわかって、シンシアは身を震わせた。

「……期待、しているか？」

「ちが……っ」

「違わないだろう？　俺の指で、君の熱く蕩け始めた蜜壺を弄って欲しいと思っているんだろう？」

「……ちが……っ！」

じっと顔を見下ろされて、シンシアは首を打ち振る。だが身体は素直で、脚の間は熱く濡れているのがわかった。

（いや……こんなの。はしたないって呆れられてしまうわ……!!）

「では……確かめさせてくれ」

「……あ……いけません、触っては……!!　あふ……う！」

レスターの指が、シンシアの蜜壺に押しつけられた。割れ目に押しつけられた指が、花弁の中に浅く潜り込みながら、ゆっくりと擦り立ててくる。

「ああ……俺の指が、濡れてきた……気持ちがいいか？」

「……あっ、あぁ……っ」

「もっと激しく動かそう。そうすると……」

レスターの指が、言葉通り動く。骨ばった指がさらに沈み込み、秘裂を激しく上下に擦り立ててきた。

スカートの下で、くちゅくちゅと水音が溢れ出す。レスターが満足げに微笑んだ。

「濡れて……淫らな音がしてきた。感じている証拠だ」

「……いや……レスターさまっ！」

「この音が、俺を欲しがっている証拠だ。さあ……もっと指を中まで入れてあげよう」

「あ……あぁ！」

レスターの指が、ずぶりと根本まで入り込む。突然の深い探り方に、まだ未熟なシンシアの身体はついていけない。だから、快感に正直に身悶えてしまう。

「……あっ、あっ！　そんな……奥を、だめ……っ」

「中を、探って……この立ち上がってきた芽も可愛がってあげないとな……」

中を指で突き、濡れた肉襞を擦りながら、空いた親指が花芽を捏ね回してくる。様々に与えられる快楽に、シンシアは泣き濡れた喘ぎを上げ続けるしかなかった。

「ああ……駄目……え！」

「どうして駄目なんだ、シンシア。俺にこうされて、気持ちよくないのか？」

「ちが……気持ちよすぎて……おかしくなって、しまいそう……!!」

レスターの与える快感にシンシアの身体は素直になりすぎていて、気づかないうちに正直に答えてしまっている。レスターはさらに満足げに笑うと、シンシアの頬を滑り落ちる涙の雫を舐め取った。

「……ならば、おかしくなっていい」

「……あ、いや……いや！」

レスターの指が、さらに速くなる。スカートの下の水音は、シンシアの耳に届くほどの大きさになっていた。

「あ……ああっ、あ……!!」

自分が感じている顔を、レスターがじっと見つめている。それだけでも身が震えるのに、指が蜜壺をかき混ぜ、花芽を強く捏ね回されて、絶頂を退けることができない。

「……シンシア。もっと感じている声を出すんだ」

「……駄目……そんなこと……ああっ!! も、もう……っ」

「——シンシア?」

そのとき、シンシアの背後でコーデリアの声が聞こえた。ビクッとシンシアの身体が震えて、濡れた瞳が大きく見開かれる。

震える瞳でシンシアはレスターを見返す。どうするのかと無言で問いかけると、レスターの笑みが深くなった。まさか、とシンシアの胸に嫌な予感が生まれた。

「レスターさま……はうっ!」

濡れた蜜壺の感じる場所を、レスターの指が強く突く。びくんっとシンシアの腰が跳ねた。

「……シンシア、ここがいいのか?」

「……駄目……駄目ですっ、今は……もう……っ」

このまま突き上げられてしまったら、声を抑えられなくなる。そうなったら、扉の向こうにいるコーデリアに自分たちが何をしているのか知られてしまう。

「シンシア? 今……レスターさまの声が聞こえたけど……」

「……そ、それは……その……っんんっ!」

愛蜜でレスターの濡れた指が、花芽をぐりぐりと揉み、捏ねてきた。荒々しく揺さぶられて、下肢がびくびくと震える。シンシアは必死で声を堪えようとするが、上手くいかない。

「……ん……んふ、ふ……っ」

「シンシア？　どうしたの？　何かあったの？」

コーデリアの声は、心配げなものになる。シンシアは慌てて答えようとするが、下手に口を開けば喘ぎがますます高まってしまいそうだ。

（ど、どうしたら……）

「……コーデリア嬢、心配する必要はないさ。シンシアは、俺と一緒にいる」

レスターが代わりに答えた。だがそれは、今自分たちがしていることを、コーデリアに教えてしまうことになる。

シンシアは、レスターに向かって慌てて首を振る。やめて欲しいと願ってのことだが、レスターはその意図を無視してくれた。

「恋人同士のわずかな語らいの時間だ。このまま部屋に戻ってくれ」

「……うん……っ!!」

きゅっ、と花芽をつまむように捻られて、腰が激しく跳ねる。レスターの腰に自分の下肢を押しつける格好になり、シンシアはさらに慌てた。

だが、コーデリアの方はこちらのしていることに気づいてくれたようだ。がたんっ、と大きな音がしたのは、扉から飛び離れて廊下の壁にぶつかったからだろう。

レスターの指は、ますます激しくなる。明らかに、シンシアを追い詰めるための動きだ。

ぐちゅぐちゅと水音も高まり、扉越しに聞こえてしまいそうだ。

揃えられた二本の指が、蜜壺の中を出入りする。狭い路の感じる天井部分を、レスターの指が強く擦り立ててきた。

「ん……んふ、ふ……」

まだコーデリアがいるために声を抑えようと、シンシアは唇をきつく噛みしめる。だが、そう長く保ちそうにない。

(お願い、コーデリア……!! 早く、行って……!!)

「シンシアを可愛がっているところだ。邪魔をしないでくれると助かる」

明らかにコーデリアを煙たがっている素っ気ない言葉だ。これを言われてさらにこの現状では、さすがのコーデリアももう何も言えないだろう。

コーデリアは言葉を返すこともなく、そのまま立ち去っていった。

遠ざかっていく足音のあと、隣の扉が乱暴に開け閉めされる。シンシアはコーデリアがこの場を立ち去ってくれたことにほっと安堵したものの、すぐにレスターの指に追い上げられた。

今度は、手加減なしだ。シンシアは大きく目を見開き、花芽を押し潰される快楽に身を任せた。

(もう……我慢、できない……っ!!)

まるで悲鳴のような喘ぎを、発してしまいそうになる。直後、レスターがシンシアの唇を自分の唇で塞いだ。

「……っ!!」

高ぶった喘ぎは、レスターの唇によって吸い取られた。その喘ぎすら甘く感じられるのか、味わうようにくちづけられる。シンシアはレスターの舌の心地よさに目を閉じて、身を震わせながら力を抜いた。

ぱた……っ、と小さな水音が、大理石の床板に落ちる。それが自分の蜜が滴ったがゆえのことだとわかって、シンシアは羞恥に身を震わせた。

レスターは、嬉しげに自らの手を濡らす蜜を舐め取って笑う。

「ずいぶん感じてくれたみたいだな」

「……知りません……っ！　協力って……こ、こんなふしだらなこと……っ」

「だが、コーデリア嬢には効果覿面《こうかてきめん》だった」

「効果……覿面……？　あ……！」

そうだ。自分がレスターとちゃんと恋人同士であることを、コーデリアに教えなければならなかった。エドガーにもいちゃいちゃしろととんでもない命令をもらっている。

だが、恥ずかしさはどうしようもない。シンシアはエドガーを睨みつけた。

「だからって、こんなことまでしなくても……!!」

「これで彼女はなりふり構うことができなくなる。俺と君が肉体関係まで結んでいるとなれば、相当の理由がないと俺たちの仲が駄目になるとは思えないからな」

レスターが、真面目な表情で続けた。そしてシンシアから離れて、乱れた身なりを整えてくれる。……身体が快楽に震えて上手く動けなかったから、正直なところを言えば助かった。

確かに、レスターの作戦は上手くいっただろう。それでもこんなやり方は、もう二度として欲しくない。

(は、恥ずかしさで、死んでしまいそうだったわ……!)

「……レ、レスターさまのお考えは、わかりました。でもこういうやり方は、もうなさらないで……。コーデリアにこんなところを知られて……は、恥ずかしい、です……」

「すまん。効果のことを考えればいい方法だと思った。……だが正直な気持ちを言うと……俺も少し、楽しんだ」

「……っ!!」

悪びれもせずに続けられて、シンシアは真っ赤になってレスターを睨みつける。普段はストイックなまでに紳士的なのに、一度欲情するとこうなのか!

「……レスターさまなんて……っ!!」

嫌い、とは言えない。シンシアは唇を緩く引き結ぶ。

シンシアの言いたいことに気づいたらしいレスターが、詫びの意味を込めて頬にくちづけてくる。今度のくちづけは、欲情のものではなくいたわりのそれだった。

こんなふうにくちづけられたら、文句は言えなくなってしまう。シンシアは、レスターに向かって笑いかけるしかなかった。

「……レスターさまにはかないません……」

「それは、俺の台詞《せりふ》なんだが」

レスターが呆れたように肩を竦める。シンシアはよく意味がわからず、不思議そうにレスターを見返した。

レスターは大きく息をついて、立ち上がった。

「……俺は兄上のところに戻る」

「はい。お仕事、頑張ってくださいませ。でも、ご無理はなさらないようにしてください」

シンシアの言葉に頷いて、レスターは部屋を出て行く。シンシアはそれを見送って、扉を閉めた。

閉ざした扉に背をもたせかけて、シンシアはそっと胸を押さえた。

心臓が、ドキドキしてたまらない。コーデリアのためとはいえ、またあんなふうに淫らに触れられて——そのことに感じてしまっている自分が恥ずかしい。

(私……どんどん、身体が変わっていくような気がする……)

レスターに触れられると、甘い心地よさを覚えてしまう身体に。

シンシアはふ……っと息をついた。

「着替えなくちゃ……」

レスターは兄王とともに会議に参加している。だが、昼食は一緒にとれると聞いていた。

シンシアはそのテーブルに飾る花を揃えるため、庭に出ていた。

婚約者としてエドガーに認められてはいるものの、まだ結婚しているわけではないため、レスターの仕事の詳細を知らされることはない。いずれ、彼のために自分のできる範囲で政《まつりごと》に関する勉強もしなければならないだろう。

（レスターさまと一緒に居続けるということは……そういうことなんだわ）

シンシアは今更のようにそのことに気づいて、心を引きしめる。

好きだから、一緒にいたい。勿論、その気持ちも大事だ。だがそれ以上に、レスターのような立場の者と一緒にいるためには、もっと自国のために働かなければならない。そしてレスターは、シンシアを大切にしながらも兄のために、国のために、努力している。彼にふさわしく、そして少しでも彼の役に立てるように頑張らなければ。

（まず、今の私にできることは……レスターさまのお心を慰めること）

会議で疲れたレスターの心を、少しでも癒せるようにすることだ。

料理の邪魔にならない柔らかな香りで、目も優しく楽しませてくれる花を選んで摘んでいく。……そうなると、どうしても落ち着いた色合いの、優しいが地味な花たちになってしまうが、シンシアは構わなかった。

その背中に、コーデリアの声がかかる。

「――シンシア！」

振り返れば、コーデリアが小走りにこちらに走り寄ってきた。仕立てのいいドレスは、こちらに来てからレスターが客人としての彼女のために用意したものだ。シンシアにも日用品や着替えなどがここに届くまでの間、不自由ないようにしてくれている。

コーデリアはそのドレスを身に着けて、ひどくご機嫌だ。彼女の今の財力では手に入らないものだからだろう。今朝はそのおかげか、昨夜の淫らなやり取りについては話にも上がらなかったことをほっとしたほどだ。

「何をしているの？」

「昼食に一度、レスターさまがお戻りになるそうなの。お疲れの心を癒せるようにと思って」

「まあ……優しいわね、シンシア」

コーデリアが笑顔で誉めてくれるが、少々気恥ずかしい。シンシアは照れながら、腕の中の花を抱え直した。

コーデリアはしかし、次の瞬間苦笑した。

「でもシンシア、これじゃ少し地味じゃないかしら？　もっと華やかなお花の方が、心を楽しませてくれるんじゃないのかしら？」

小馬鹿にするように笑われて、シンシアは俯く。一応自分もそれは思ったからだ。……けれど。

「私も最初そう考えたんだけど、でも昼食の席に飾るお花だし、匂いが強すぎると食事の邪魔になるかと思って……」

「……ああ……そうね、そうだわ」

確かに見栄えもいい華やかなものは、匂いが強いものが多い。コーデリアは納得して頷いた。

「ごめんなさい、余計なことを言ってしまったわ」

「そんなことはないわ。コーデリアもレスターさまのことを考えてくださったのでしょう?」

「ふふ……そう言ってくれると、嬉しいわ」

コーデリアは小さく笑い、シンシアから鋏《はさみ》を取り上げた。

「手伝うわ。どれを摘みましょうか?」

「じゃあ……これを」

シンシアが指し示した花の茎に、コーデリアが鋏を入れる。二人で花を摘んでいると、メイドが姿を見せた。

「シンシアさま、レスター殿下がお戻りになりました」

「今、行くわ!」

帰宅の知らせに、シンシアの顔に満面の笑みが浮かべられる。メイドはそんなシンシアの様子に微笑ましげな顔をしたものの、すぐに困ったように肩を竦めた。

「いえ……あの、もうこちらにいらっしゃいまして……」

「シンシア。ここにいたのか」

メイドの背後から、執務用の正装姿のレスターが現れる。てっきり食事の間にいるかと思っていたシンシアは驚きつつ、慌ててレスターに駆け寄った。

「レスターさま!? まあ……こんなところにまで来られなくても……!!」

「シンシアの顔が早く見たくてな。……シンシア、駆けてこなくてもいい。転ぶぞ」

「え……あ……っ!!」

あと一歩でレスターのところに到着すると思った矢先、爪先に小石が引っかかった。そのままシンシアの身体が、前のめりに倒れ込みそうになる。

その身体を、レスターが危なげなく受け止めてくれた。まるでレスターの胸の中に飛び込むような体勢になってしまい、シンシアは慌てて立ち直す。

「す、すみません……!!」

「やはり転んだな。足を捻ったりしていないな?」

「だ、大丈夫です……」

シンシアは乱れた髪を撫でつけながら、答える。だがそのときにはレスターはもう身を屈めていて、シンシアのスカートを軽く持ち上げて足首を確認していた。

「やましい気持ちはないぞ」

「レ、レスターさま……!!」

大きな掌が、足首をそれぞれ包み込み、痛みの有無を確認してくる。シンシアの表情に照れ以外ないことを知って、ようやく手を離してくれた。

シンシアは真っ赤になって、レスターを軽く睨みつける。

「だ、大丈夫って言いました……!!」

「君は我慢するときが多いからな。こうやって自分で確かめないと安心できないんだ」

言ってレスターは、シンシアの腕の花に目を向ける。

「この花は？」

「昼食のテーブルに飾ろうかと思いまして。香りがきつくなくて、目に優しいものを選びました。食事の邪魔にならないと思いますから、飾ってもいいですか？」

「勿論。そういう花を選んでくれたんだろう？」

シンシアの狙いなど、レスターにはすでにお見通しのようだ。少々気まずい想いに眉根を寄せてしまうが、レスターはシンシアの前髪に軽くくちづけてくる。

「……そういう気遣いが、嬉しい」

レスターの言葉に、シンシアの頰が赤くなる。レスターはシンシアの肩を抱くと、歩き出した。

「昼食にしよう。会議は年寄りばかりでさすがに疲れた」

「はい。サンルームだそうです」

「コーデリア嬢も行こうか」

てっきりシンシアのことにばかり目を向けているのかと思いきや、コーデリアのことも気づいていたようだ。シンシアもコーデリアを振り返り、笑顔で言う。

「コーデリア、行きましょう！」

「……ええ、すぐに行くわ」

コーデリアが、笑い返す。だがその瞳は、少しも笑っていなかった。

一瞬シンシアの背筋に、冷たいものが滑り落ちてきた。レスターに気づかれてしまうと内心で焦ったとき、つき従っていたメイドが言った。

「殿下とシンシアさま……お似合いのお二人でございますわ。コーデリアさまも、そう思いませんか？」

「ええ、そうね。あら……嫌だわ、私。鋏を持ったままだったわね」

メイドとコーデリアが立ち止まった。レスターが立ち止まらなかったため、シンシアも寄り添いながら離れていく。何となくコーデリアのことが気になって、シンシアは肩越しに二人のやり取りを見守った。

「どうぞ、コーデリアさま。お預かりします」

コーデリアは頷いて、鋏を差し出す。メイドが両手でそれを受け取ろうとする前に、わざとらしく刃を動かした。

ジャキンッ！　と高い音に、メイドは一瞬自分の指を切られるのではないかと焦った表情を見せる。だがそんなことはなく、鋏はそのあとすぐに両手に置かれた。

「……あの……コーデリアさま……？」

「鋏、片づけておいてちょうだい」

「か、畏まりました……」

鋏を押し戴《いただ》くようにしてメイドは受け取ると、そそくさとその場を立ち去っていく。シンシアは、瞳を瞠った。

(コーデリア、あなた……本当に……?)

コーデリアがシンシアの視線に気づいて、改めて笑った。……もう、いつもの笑みだ。

「どうしたの、シンシア?」


昼食を終えたあと、レスターはまた会議室へと向かう。シンシアは会議室がある棟まで、レスターを送ることにした。少しでも一緒にいられたらいいなというささやかな乙女心ゆえだ。

他愛もない話をしながらも、レスターの表情が柔らかいためにそこに甘えてしまう。だが廊下を二人でしばらく歩いていると、レスターがシンシアに優しく微笑みかけながら言った。

「その後、何か変わったことはないか?」

「あ……は、はい!」

それが、コーデリアの行動のことを言っているのはよくわかっている。

あの庭でのことが気になったが、まだ確証はない。それに、彼女はあのあとすぐに、いつも通りになっていたではないか。

「何もありません。コーデリアはいつも通りですよ」

「そうか。それならいいが……一応、監視はつけさせている。俺が君の傍にずっとついていられるわけでもないからな」

「……知、知りませんでした……」

シンシアは驚きに軽く目を見開いてしまう。コーデリアに監視がついているなど、まったく気づかなかった。それらしい気配など、まるでなかったのに。

そう言うと、レスターが小さく笑った。

「気づかれてしまうようなら、監視ではないだろう？」

「そ、そうですね……」

浅はかだったと、シンシアは頬を染める。

レスターはシンシアの金髪に手を伸ばし、幼子にするように優しく撫でた。……夜の彼からは想像もつかないほどの優しくて紳士的な仕草だ。

「君は、そういう暗い部分は知らなくていい」

「……レスターさま……」

（でも、それでいいのかしら……）

レスターが守ってくれて、嫌な部分を見せないようにしてくれている。そこに甘えていてもいいのだろうか。もし、コーデリアが本当に自分を狙っているのならば、きちんと自分が対峙《たいじ》しなくてはいけないのではないだろうか。

「シンシア？」

「……あの、レスターさま。もしコーデリアが犯人だとしても……私は、守られているだけではいけないのではないかと思うんです」

「それはとても潔《いさぎよ》い考えだ。だが、持つ必要はない。そんなことをして、自分から危険に身を投じる必要はないんだ」

レスターが、言い聞かせるように言う。子供をあやすように優しい口調だが、それ以外は許さないとも感じられる。シンシアは仕方なく大きく息をついた。

（そもそも自分の身をちゃんと守ることもできないんだから、こんなのは私のわがままなのかも……）

「はい……わかりました。すみません」

シンシアは仕方なく頷く。レスターはどこかほっとしたように息をついた。


その日の夕食の時間、レスターはシンシアのもとに戻ってはこれなかった。会議の方が手こずっているのだろう。エドガーも手こずっていると言っていたのだから、仕方のないことかもしれない。

とはいえ、空腹でずっと会議というのも身体に悪い。シンシアは彼らの邪魔にならないよう、夕食の差し入れを会議室にするようにメイドに言いつけ、コーデリアと一緒にその日の夕食をとった。

食事が終わると、女同士二人で、談話室でのんびりと茶を飲むことにする。二人とも湯あみを済ませて夜着にガウンというくつろいだ格好だ。あとは眠るだけということもあって、気持ちも身体ものんびりとしたものだった。

もしかしたら、眠る前に少しはレスターと会えるかもしれない。少しそう思っているのも確かだった。だから、夜更かししてもいい格好でいたのである。

「コーデリア、レスターさまのこと、まだ疑っていらっしゃるの？」

「あら……」

二杯目の茶を飲んだところで、シンシアは思い切って聞いてみる。コーデリアは小さく笑って、シンシアのカップに蜂蜜を入れてくれた。

「そうね。私の誤解だったみたい。明日にでも殿下にお詫びを申し上げなくてはいけないわね……」

「レスターさまが私と遊びじゃないってこと、わかってもらえたの？」

「ええ、もうしっかり。本当に殿下はあなたのことを大切に想っていらっしゃるのだって、わかったわ」

コーデリアの誤解が解けたことに、シンシアは満面の笑みを浮かべてしまう。シンシアも蜂蜜ポットを取って、コーデリアのカップに入れた。

「わかってもらえて嬉しいわ。私、レスターさまのおかげでとっても幸せになれそうなんだもの」

「……そう。幸せになるのね」

コーデリアが、小さく呟く。その呟きが何か心に引っかかって、シンシアは訝しげに眉根を寄せた。

「コーデリア？」

「いえ、何でもないわ。ただ私もあなたのように幸せになりたいって思っただけよ」

「そんな……コーデリアだって、幸せになれるわ。コーデリアは私よりも素敵な女性だもの」

コーデリアは小さく笑って、カップに指を絡める。茶を、一気に飲み干した。

「ごめんなさい、もう眠くなってしまったみたい」

「まあ……そうね。もうこんな時間ですものね。ごめんなさい、寝ましょうか」

レスターが戻ってくる気配はいまだない。この様子では夜中までかかるのだろう。眠る前に会えないのは寂しいが、明日、また会うことができる。

シンシアも慌てて茶を飲みきると、コーデリアとともに談話室をあとにした。

ベッドに潜り込んで、眠りにつく。茶を飲んだおかげで身体が温まったせいか、すぐに眠りにつけそうだった。枕に頭を沈めて目を閉じると、ほどなくして眠りがやって来た。

ゆっくりと、意識が沈んでいく。

『……そう。幸せになるのね』——先ほどのコーデリアの言葉が、ゆるりと思い出された。誤解は解けたようだが、何か嫌な感じが残る。

(明日、レスターさまに相談してみようかしら……)

——眠りの中で、またあの夢を見る。レスターとの再会のきっかけとなった、あの出来事だ。二匹の猟犬が、シンシアを狙って追いかけてくる。

シンシアは犬から逃れようと走り続ける。そして崖から足を滑らせ、落下した。このあと、ビットが自分を見つけてくれる。そしてレスターが助けに来るのだ。

夢の中のシンシアが、大きく息をついて崖にもたれかかり、上を見上げた。一瞬だけ、視界の端を掠めるように通り過ぎていった姿は。

(——コーデリア……!!)

声にならない悲鳴を上げて、シンシアは勢いよく身を起こす。その目の前に、美しいきらめきがあった。

何、と驚く間もなく、それがナイフだと気づく。

「……きゃ……っ!!」

突然のことに驚いて、シンシアは慌てて身を引いた。当然のことながら背中からベッドに倒れ込んでしまう。

身を起こしても大丈夫なのかどうかまったくわからず、恐怖に身を固くしながら、シンシアは瞳を瞠ったままベッドの中に沈んでいる。

見開かれたシンシアの瞳に、ナイフの輝きが入り込む。それはそのまま、シンシアの額に向かって振り下ろされた。

「……っ!!」

シンシアは、反射的に身体を動かした。衝動的に真横に動いた身体のおかげで、ナイフはシーツに沈み込む。

自分でもとっさにした行動のため、鼓動が激しく高ぶっている。それでもシンシアはこれ以上危ない目に遭わないようにと、慌ててベッドから降りた。だが足元がもつれて、床の上に倒れてしまう。

「……いた……っ」

転んだ拍子に膝を打って、シンシアはうずくまる。そのすぐ傍に、誰かが近づいてきた。

「……もう、動いちゃ駄目でしょ、シンシア。変なところを傷つけたら、死んでしまうわよ?」

「……な、に……?」

室内の闇に、瞳が慣れてくる。シンシアは声を振り仰いで、さらに大きく目を瞠った。

そこに立っていたのは、ナイトドレス姿のコーデリアだった。その手には、ペーパーナイフが握られている。

たかがペーパーナイフと侮《あなど》れない。磨き込まれたシルバーは、戦う術を持たないシンシアにとっては充分な凶器だ。どうしてそんなものが自分に向けられるのかわからず、シンシアは絶句する。

コーデリアは、枕元のランプに火をつけた。そうしながらも、ナイフは決して手から離さない。

淡い光が、コーデリアの手元から狭い範囲に広がった。明るくなったことで、狙いがつけやすくなったのか、コーデリアはランプを持って近づいてくる。

左手にランプを、右手にナイフを。いつもの優しくて姉のようなコーデリアからは想像もつかないほどの恐ろしい様相だ。

シンシアは、知らずに後退している。臀部《でんぶ》を床に擦りつけるようにしながらの動きはしかしひどく遅く、コーデリアが今すぐにでも襲いかかってきたら、あっという間に殺されてしまうだろう。

(殺され……?)

「……コ、コーデリア……私を、殺す、の……?」

コーデリアは小さく笑って首を振った。

「そんなことはしないわ、シンシア。私はあなたの命を狙っているわけではないの。ただ

「……そうね。どこでもいいからあなたの身体に傷をつけたいだけ」

「傷、を……？」

そんなことをして、どうするのだろうか。恐慌状態に陥ったシンシアには、上手く答えが導き出せない。

コーデリアはシンシアの傍に膝をつくと、ナイフでそっと顎先を持ち上げた。

あと少しでも変に力を入れたら、シンシアの顎の皮膚が裂けてしまいそうだ。シンシアは小さく震えながら、身動きができない。

「殺すと厄介だもの。でも、どこかを傷つけさせて。決して治らない傷をね」

ナイフが動いて、頬から首筋に流れる。冷たい感触がゆっくりと肌を撫でていき、シンシアはさらに身震いした。……このままだと、皮膚が傷つけられる。

「ここでいいかしら……」

ナイフが、顎の方に近い頬に押しつけられる。冷たさに恐怖が重なって、シンシアは目を瞠った。

「……コーデリア……やめて……」

「まあ、シンシア。その程度のお願いで私がやめると思う？　……やめるわけ、ないじゃない！」

本気であることを示すためか、コーデリアのナイフが鋭く動いた。シンシアの髪が数本、切り落とされる。

シンシアは息を呑んだ。

「コ、コーデリア……」

「次は外さないから、安心して。あなたの顔に消えない傷でもできれば、あなたは殿下がどんなことを言っても婚約者から身を引くでしょう？」

シンシアは息を詰める。……確かに、そうだ。レスターの妻として、顔に傷のある娘など上がるわけにはいかない。彼の優しさと気高さはそんなことは一笑するかもしれないが——体裁《ていさい》というものがある。レスターの妻として、王弟夫人として公務に支障をきたしてしまうような相手を妻にするわけには、いかないはずだ。

ならば、身を引く。レスターを想っているからこそ、身を引く。

シンシアは、ナイトドレスの胸元をぎゅっと強く握りしめたまま、唇を引き結んだ。その仕草が、コーデリアの言う通りだと教えてしまう。コーデリアは、勝ち誇ったように笑った。

「あなたなら、そうすると確信していたわ。だから、あなたの命は取らなくても傷つけようとしたのに、ことごとく失敗してしまって……あなたの屋敷の使用人たちは本当に優秀ね」

すべて、レスターの予想通りだったのか。シンシアの瞳に、悔しさと悲しさが混じった涙が滲む。

「どうして……コーデリア！　どうしてこんなことを……!!」

「私は、殿下の妻の立場が欲しいの」

「レスターさまが……好き、なの……？」

もしもそうならば、シンシアもこの裏切られたような気持ちを拭うことができる。だがコーデリアは驚いた顔をして、首を振った。

「いいえ、すべてはお金のためよ。私はもう、こんな生活からは抜け出したいの。お金と権力があれば、それができるわ。レスター殿下の妻になれば、あなたの身分は私よりも下よ。今までのあなたと私の立場が、逆転するのよ！」

コーデリアが高く笑う。狂気じみた言葉は、シンシアをゾッとさせた。

今までの優しい姉のようなコーデリアは、どこに行ってしまったのか。シンシアは絶望感に飲み込まれそうになりながらも、最後の望みを捨てられない。

「コーデリア」

シンシアは、恐怖を抑えつけて、コーデリアを真っ直ぐに見つめる。

確かに、コーデリアの家の状況は同情すべきものだ。だがだからといって、他人を蹴落としてまで復活させなければならないものではない。人を傷つけることは、罪なのだ。

「コーデリア、考え直して。人を傷つけることは、どんな些細なことであれ罪よ。いけないことだわ」

コーデリアは、無表情にシンシアを見つめている。もしかしたら、この瞬間にも、ナイフが振り下ろされるかもしれない。その恐怖と戦いながら、それでもシンシアはコーデリアに手を伸ばした。

コーデリアは、幸いにもまだ動かない。ナイフを持っている方の手を、シンシアは包み込むように握りしめた。

「……コーデリア。私と一緒に、もう一度考え直してみましょう」

「……」

コーデリアは、何も言わない。だがシンシアは、必死で続ける。

彼女の心に残っているかもしれない良心の欠片に、祈りを込める。

「こんなことしてあなたが罪に問われるのは、悲しいの。あなたは私のお姉さまみたいな方なのに」

「シンシア」

コーデリアが、小さく呟く。わかってくれたのかとほっとした次の瞬間、コーデリアはシンシアの手を振り払った。

「あ……っ」

手が弾かれる痛みに、シンシアは小さく声を上げた。コーデリアは苛立たしげに息をつく。

「綺麗ごとは、もうたくさん！　私、あなたとなんて一緒にいたくはなかったのよ。自分と別の世界にいるんだって見せつけられて、うんざりしてたわ。どんなに努力したって、家柄はあなたの方が上。私は絶対に勝てない。なのにあなたは、それにこだわりも見せない。小さい頃から見てるだけでもイライラしたわ。……でもあなたがいなくなれば、それも終わるのよ！」

シンシアの顔に向かって、容赦なくナイフが振り下ろされようとした。

「次はあなたでなく、私が、トップレディよ！」

シンシアは直視できずに、目をぎゅっと強く閉じてしまう。……その直後、部屋の窓ガラスが突然激しく割れた。

（何……っ!?）

閉ざされたカーテンの割れ目から、何かが次々と飛び込んでくる。ランプの灯りを頼りに見てみれば、その人影はレスターとレイフォードだった。

（レスターさま……!!）

レスターはシンシアとコーデリアの間に割って入る。狙いが外れたナイフは、シンシアを背後に庇《かば》ったレスターの肩口に沈み込もうとした。

レイフォードがコーデリアの背後から手を伸ばし、両手首を縛める。容赦のない力が指に込められると、コーデリアは呻いて手を緩めた。ナイフが落ちて、床で固い音を立てた。

レスターはとっさに足を動かし、爪先でナイフを部屋の隅に蹴りつけた。壁に当たって止まったそれは、コーデリアが何とかレイフォードを振りほどいてもすぐには手に取ることができない位置だ。

レイフォードがコーデリアの手を後ろ手に押さえつけ、さらには身体を床に押しつける。膝を背筋に乗せて、身を起こせないようにした。

レスターは大きく息をつくとすぐさまシンシアに向き直り、肩を摑んだ。

「大丈夫か、シンシア！　どこも怪我してないか!?」

シンシアは、言葉もなく頷く。助けてもらえた衝撃からまだ復活できず、シンシアは瞳を瞠ったままだった。

レスターはシンシアのひとまずの返事に安堵の息を深くついて、両腕で強く抱きしめた。

「驚かせて悪かった。ドアには鍵がかかっていたんだ」

ドアノブが回される音など、コーデリアの説得に精一杯で気づけなかった。レスターの腕のぬくもりと耳に押しつけた胸元から聞こえた鼓動の音で、シンシアはようやく自分が無事に助けてもらえたのだと実感する。

「レスターさま……!!」

急に恐怖を実感して、シンシアは思わずレスターの身体に腕を回してきつく抱きついた。身体が小さく震えて、泣き出しそうになる。レスターはそんなシンシアを安心させるように、さらに強く抱きしめて背中を撫でた。

「大丈夫だ、もう大丈夫だ、シンシア」

「レ、レスター……さま……っ」

「よかった、シンシア……無事で」

レスターの声も、小さく震えている。そしてシンシアの頬や耳元に唇を押しつけて、ぬくもりを与えてくれる。おかげで、子供のように泣きじゃくるまでには、至らなかった。

「……さあ、シンシア。立てるか？」

「……は、はい……すみません……取り乱してしまって……」

シンシアは慌てて謝りながら、レスターの腕にすがって立ち上がる。レスターは苦笑した。

「ここで取り乱さない令嬢なんていないさ」

少し冗談めいた言葉に、シンシアも少し笑みを返すことができる。レスターの腕を借りて立ち上がったあと、シンシアはすぐにコーデリアのことを思ってそちらへと目を向ける。

レイフォードの素晴らしい動きによって、コーデリアの両手は後ろ手にハンカチーフで縛められていた。コーデリアが身じろぎしても、まったく動けないようになっている。

その手首には、レイフォードの掌が重なっていた。もしコーデリアが何かしても、レイフォードがすぐに動いて押さえつけられるようにだ。

「……コーデアリア……」

何と言えばいいのかわからず、シンシアは呼びかけることしかできない。

コーデリアはこちらを睨みつけている。眼光だけで、刺し貫かれそうだった。

「……連れて行け」

レスターが、低い声でレイフォードに命令した。レイフォードは小さく頷いて、コーデリアの身体を押した。

「……コーデリア……！」

このまま別れるのは何だか悲しくて、シンシアの呼び止める声はどうしても高くなってしまう。

レイフォードが、足を止めた。それに促されるようにして、コーデリアも立ち止まる。

こちらにはもう背中を向けていたが、コーデリアは肩越しに振り返った。

「私は、悪くないわ。好きでこんなふうになったわけではないもの。悪いのは失敗したお父さま」

コーデリアが言葉を切って、シンシアを見据える。

「そして幸せを見せつけていたあなたよ、シンシア」

――レイフォードとともに、コーデリアが姿を消す。シンシアは何だか急に全身の力が抜けてしまい、その場にへなへなと座り込んでしまいそうになった。

その身体は、あらかじめ予想していてくれたらしいレスターの腕に受け止められる。シンシアは危なげなく彼の腕に支えられた。

「す、すみません……っ」

慌てて自力で立とうとすると、レスターが自分の身体に引き寄せるように抱きしめてきた。そして少し苛立たしげな声で言う。

「ここで我慢してどうするんだ。泣いてくれ」

「そ……んな……」

レスターにこれ以上余計な心配をかけたくない。だから、泣かないでいたいのに。

シンシアはレスターの腕を摑む。

「私……コーデリアにあんなに嫌われていたんですね……知ら、なくて……」

ぽろりと、ついに涙がこぼれた。

裏切られた憎しみは、ない。ただ、哀しかった。

「私……コーデリアにそんなことをしていたなんて、気づかなくて……彼女に、悪いことをしていました……」

「まったく、君は……優しすぎるというのも問題だ。自分の身体に傷をつけようとした相手だぞ。どうして自分を責めるんだ。俺にはまったく理解できない。お人好しすぎる」

「すみま、せん……」

憮然とした表情で、レスターが言う。だが声は優しく、抱きしめてくれる腕も温かい。

シンシアは思わず謝ってしまう。レスターはシンシアの髪を撫で、観念したように言った。

「だが、そういう君だからこそ好きになったのさ、俺は」

【5】


シンシアの願いを聞き入れてくれて、コーデリアの父や、家は罪に問われず、罪は彼女だけに止まるようにしてくれた。

だが、何の罰も与えないわけにもいかないらしく、コーデリアは他国へと追放されることになった。……名目上は、レスターのように同盟国への留学だ。数年経てば戻ってこられることになっている。

シンシアはコーデリアが罪を犯した理由を、彼女の父親にきちんと話して聞かせた。彼女の父親も自分の愚かさを反省してくれたようで、コーデリアが戻ってくるまでに事業を絶対に立て直すと誓ってくれた。娘の行動が彼の目を覚まさせてくれたのだろう。

（コーデリア。あなたが私を嫌いでも、私はあなたが好きよ）

だから彼女が戻ってきたら、もっと本音で話そうと思う。姉のように頼る存在ではなく、友人のように対等な立場として。

そのためにはもっと自分を、人として磨いていかなければ。……コーデリアの乗った馬車を見送りながら、誓ったことだった。

「……シンシア？」

コーデリアが国を出た数日前の記憶を辿っていたシンシアの名を、レスターが呼んでくる。目を閉じていたシンシアは、それに促されるようにして瞳を開いた。

レスターの部屋で、毛足の長いラグの上に、シンシアは座っている。その隣にレスターがいて、二人でのんびりと恋人同士のひとときを過ごしていたことを思い出した。

コーデリアの事件が終われば、自分たちが結ばれることに異を唱える者はいなかった。レスターはどうやらシンシアを王城に留めたかったようだが、そういうわけにもいかない。シンシアはアディンドン公爵邸に戻り、そこでレスターの婚約者としての花嫁修業のような教育を新たに受けることになった。

公爵令嬢として文句は何もないシンシアだが、王族に加わるとなるとまた新たに学ばなければならないことができる。レスターのためならば頑張れると、シンシアは努力を重ねてきた。その間もレスターも顔は見せに来てくれて、それも活力になってくれていた。

その成果もあったため、予定通りに婚約式は明日、行われる。明日の婚約式で正式に国王の前で婚約宣誓がされ、シンシアはレスターの婚約者として扱われる。

今夜は、恋人としての最後の夜だ。

王弟の婚約式ということもあって、周囲は準備に余念がない。アディンドン公爵も陣頭指揮を執って、盛大な式になることがもう誰の目にも明らかになっている。やれドレスの試着だアクセサリーは何にするか、料理はどんなものにするかと、それはもうエドガーも加わっての張り切りようで、該当者であるシンシアとレスターが時折苦笑してしまうほどだった。

その喜びの騒々しさから今夜くらいは解放されたいとレスターが言って、シンシアは王城の彼の部屋にやって来ている。恋人としての最後の夜をここで、静かに過ごすのだ。

シンシアはレスターに求められるまま、童話の読み聞かせをしていた。章の区切りがついたところで、シンシアは色々なことを思って少しぼうっとしてしまっていたのだろう。

レスターが黙り込んでしまったシンシアの顔を、心配そうに見つめてきた。

「どうした。疲れたか？」

指先が、シンシアの頬を優しく撫でてくれる。その心地よさに、シンシアは微笑んだ。

「いいえ、大丈夫です。ただちょっと色々なことを思い出しただけです。本当にレスターさまは心配性ですね」

「それは、仕方ない。婚約式の準備で、君も大変だったろう」

「そんなことはありません。だってレスターさまと一緒にいられるための準備ですから。大変なことなんて何もありません」

レスターは嬉しそうに笑うと、シンシアの頬に軽くくちづけてきた。唇が離れると、今度はシンシアがレスターを心配そうに見返す。

「レスターさまこそ、お疲れにはなっていませんか？　レスターさまも色々と大変だったと思いますし……」

「いや、むしろ楽しかった。君のドレスに助言するのもアクセサリーを選ぶのもな。それにこれからのことを考えるのも楽しい」

「これからのこと……ですか？」

婚約式のあとは結婚式になるが、それはまた数ヶ月先の話だ。準備はまた大変かもしれないが、まだ婚約式も終わっていないのに考えることではないだろう。シンシアは思わず苦笑する。

「レスターさま、結婚式のことはまだ少し早すぎでは……」

「君との子供はどんなに可愛いだろうと思ってな！　俺としては君によく似た娘が欲しいが、誰かに嫁に出さなければならないかと思うと、正直娘は駄目かとも思う」

（こ、子供……）

くらり、と目眩のような感覚を覚えたのは、気のせいではない。そんな先のことをレスターがもう考えているとは。

「……どうした、シンシア。顔色が悪いぞ!?」

シンシアの何とも言えない微妙な表情を見て、レスターがさらに心配そうになる。シンシアは慌てて笑顔を返した。

（でも、愛されているってとてもよくわかるから……幸せ）

「何でもありません。大丈夫です。レスターさま、お茶をどうぞ」

トレイの上には温かい茶と、シンシアが作ったチェリーパイがある。レスターは切り分けた一切れを、甘いものが苦手なのに綺麗に食べてくれた。

エミリーの作ったアップルパイと自分の作ったチェリーパイは、レスターの中で同じものになってくれたことが嬉しい。

「……君のチェリーパイを食べたら、なんだか眠くなってきた」

「おなかいっぱいになってしまったからでしょうか」

レスターが言って、ごろりと横になる。頭はシンシアの膝に乗り、その重みにドキリとした。

「レスターさま？　眠いのならば、ベッドに……」

「いや、ここがいい」

レスターの表情も声も穏やかでゆったりとくつろいだもので、自分がそうさせているのだとわかると、嬉しくなる。……同時に不思議といとおしさが溢れてきて、シンシアは思わず上体を折り曲げるようにして顔を寄せると、レスターの前髪にくちづけた。

さすがに、唇にくちづけることはできない。子供だましにもならないほどのくちづけだったが、シンシアには精一杯の愛情表現だ。

（こ、これは……恥ずかしいわ……っ）

してしまったあとに急激に恥ずかしくなってしまい、シンシアは顔を真っ赤にしながら慌てて上体を起こす。赤い前髪の下でレスターの瞳が驚きに大きく見開かれ、まじまじとこちらを見つめているから余計だ。

「さ、さあ、続きを読みま……きゃ……っ」

レスターが、勢いよく身体を起こしてくる。予想もしていなかった動きに驚いて、シンシアは硬直してしまった。このままでは額を打ちつけ合ってしまう。

「……っ」

レスターはシンシアの背中に片腕を回して抱きしめながら、柔らかく押し倒してきた。毛足が長く柔らかい絨毯の上に仰向けに倒されて、別の意味で驚く。

「レ、レスターさ、ま……んくっ」

レスターの唇が、シンシアの唇に重なった。シンシアの身じろぎを押さえつけるように、舌を絡める熱く激しいくちづけを与えてくる。

「……ん……んふ……っ」

はじめのうちこそ戸惑っていた舌は、レスターの舌に絡められ、ぬるぬると擦りつけられているうちに、くったりと力を失った。甘噛みされると、ぴくんっと小さく跳ねるように反応してしまう。

レスターはシンシアの口中をゆっくりとかき回すかのように舌を動かして、味わってきた。混じり合う唾液を啜るようにされると、胸の奥がきゅんっ、と疼く。これからレスターに求められるのかもしれないと思うと、恥ずかしいのにとても嬉しくなった。

そうなってもいいのだと伝えたい。レスターに触れてもらえることは、シンシアが思っていた以上に幸せな気持ちになることなのだ。

その気持ちが、シンシアを少しだけ大胆にさせる。口中をまさぐっていたレスターの舌に、おずおずと自ら舌を絡めてみた。

（……レスターさまは、こうやって……）

ともするとレスターのくちづけに蕩けてしまって何もできなくなりそうだったが、シンシアは少しでも想いを返したくて、これまでに与えられた仕草を真似る。

自分がとても気持ちよかったのだから、レスターも気持ちいいはずだ。……上手くはできていなくとも、多少なりは。

「ん……んん……んっ」

幸いレスターはシンシアのしようとしていることに気づいてくれて、されるがままになってくれている。それどころかシンシアを誉めるように、身体を優しく撫でてくれていた。

その掌の動きに励まされて、シンシアは懸命にくちづけを続ける。

「……ん……んは……っ」

レスターほどにくちづけでの息継ぎがまだ上手くできないため、限界は思った以上に早くやって来てしまう。息を荒く乱して唇を離すと、シンシアはぐったりと絨毯に沈み込んでしまった。

レスターはシンシアの身体を、相変わらず優しく撫でている。今度はシンシアの息の乱れを宥めるものだった。

「……急に、どうしたんだ？」

やはり自分から何かするのははしたなかったのか。シンシアは後悔に瞳を伏せる。

「す、すみません……」

「どうして、謝るんだ」

「は、はしたない、のかと……」

レスターが頬を寄せ、ちゅっと軽く啄むくちづけを与えてきた。

「そんなことはない。君からしてくれて、嬉しい。ただ、恥ずかしがり屋の君が、どうして急に、と思っただけだ」

レスターに呆れられたわけでもなかったことに、シンシアはほっとする。

「あ、あの……レスターさまにも、気持ちよくなっていただきたくて……」

（私は、レスターさまに触っていただくと、とても気持ちがいいから）

それを伝えることまでは、恥ずかしい。レスターはじっとシンシアを見つめたあと、とても甘い蕩けるような笑みを浮かべた。

「では君は、俺に触られるのが気持ちいいということか」

「……っ！」

見透かされている。恥ずかしい。シンシアは真っ赤になって、反射的に首を振る。

レスターは、笑みを深めるだけだ。

「君はとても優しい人だ。気持ちよくないことを、俺にするわけがない。……となると、君の気持ちはすぐにわかる」

「い、意地悪、です……っ」

「君が自分の心に嘘をつくのがいけない」

責任転嫁にしか思えないが、レスターは真面目な顔で言い返す。不思議な押しの強さに何も言えなくなり、シンシアは口ごもった。

レスターはシンシアの頬や目元や鼻先に、軽く啄むくちづけを与えながら続けた。

「君の気持ちはとても嬉しい。が、今はまだ、俺が君を蕩けるほどに気持ちよくしてやりたいのさ」

「……あ……っ」

レスターの掌が、胸の膨らみを包み込んだ。直接素肌に触れられるぬくもりの心地よさに、シンシアは思わず熱い息をつく。……だがすぐに、ぎょっとした。

ナイトドレスを脱がされた記憶はないのに、いつの間にか素肌をレスターの下で晒している。

「あ……な、何で……」

「君が俺にくちづけてくれている間に」

「……あ……ああ……っ」

レスターの指が乳房に沈み、形が変わるのを楽しむかのように捏ね回してきた。シンシアは甘い喘ぎを上げてしまいながら、身を捩る。

る。


「教えて欲しいことがある」

両の指が、それぞれの乳首を捕らえた。人差し指と親指でつまみ、指の腹で擦り立ててく

「……あ……あふ……っ」

「君はここを指で弄られるのと、口と舌で弄られるのと、どちらが好きだ？」

とんでもない質問に、シンシアは大きく目を見開く。

「な、何を……おっしゃって……」

「君が気持ちいいと思うことをしてやりたいからな。どちらがいい？」

「そんなこと……答えられません……!!」

「……教えてくれないのか？」

今度はひどく残念そうに言ってくる。そしてレスターはシンシアの耳元に唇を寄せ、たっぷりと唾液を乗せた舌で耳朶《じだ》を舐めながら囁いた。

「君はまだ、抱かれることに慣れていないだろう？　……少しでも痛い思いや気持ち悪い思いはさせたくない。君が、とても大切だから」

（そ、その言い方はずるい、です……っ）

シンシアは、涙で潤んだ瞳でレスターを見返す。

「……唇の方が……好き、です……」

「わかった。では、舐めてしゃぶって、吸おう」

いちいちそんな具体的なことを口にしないで欲しい——だが、レスターの熱い口中に乳首を含まれ、乳輪から先端に向かってくるくると舐め回されると、何を言うべきだったのか、すぐにわからなくなってしまった。

自分が宣告した通りに、レスターはシンシアの胸の頂を舌と唇でなぶる。ビクビクと小さく跳ねるように反応してしまうシンシアの身体を、レスターの両手がこれまでに見つけた快楽の場所を刺激しながら撫で回した。

「……あ……は、あ……あ……っ」

すがりつくものを求めて、シンシアの両手が絨毯をまさぐる。だが絨毯では、シーツのように握りしめることができない。

何かにしがみつかなければ、意識を保てなさそうなのに。

「……んん……っ」

ちゅるり、と軽く音を立てて、レスターが胸から顔を上げる。乳房の丸みを確認するように舌を這わされて、シンシアは身を震わせた。

レスターの唾液で濡れた舌は、胸の谷間をくすぐり、ゆっくりと下肢へと向かう。

「あ……」

「俺は、君の肌をこうやって味わうのが好きだ。君はどうだ？」

「……好、好き……です……」

恥ずかしくてたまらないが、与えられる気持ちよさに我慢もできない。シンシアは思わず素直に答えてしまう。

レスターが腰骨の近くで唇を止め、強めに吸った。

「……んんっ！」

少し刺激的な快楽に、シンシアが軽く仰け反る。浮いた腰の下にレスターの両手が差し入れられると、それは臀部の丸みを柔らかく摑んだ。

胸を揉むように、レスターの手はそこも揉みほぐしてくる。その仕草の途中で、割れ目に指が入り込んだ。

「……あ……っ」

指が双丘を押し広げてきて、シンシアは身を捩った。まだ完全に意識が蕩けてはいないため、強烈な羞恥がやって来る。

レスターの唇はさらに下肢の淡い茂みに向かって、下っていた。蜜壺を唇で弄られるとわかり、シンシアは思わず身体を動かす。

レスターの手には拘束の力が加わってはいなかったため、シンシアは思う通りに俯せることができた。別に狙ってしたことではないのだが、これはなかなかにいいのではないかと思える。

レスターの顔が見えなくて少し寂しいが、代わりに彼からも自分の背中しか見えない。胸の膨らみも隠れてくれるから、恥ずかしさの度合いがかなり違う。

「……シンシア、何をしているんだ？」

レスターが少し不思議そうに問いかけてきた。シンシアは絨毯の長い毛足の中に頬を埋める。

「……は、恥ずかしい……ので……」

「確かに君の感じている顔や魅力的な胸は見えないな。……君の胸が柔らかくほぐれて、君の顔がうっとりしてくるのを俺は見たいんだが」

そんなふうにレスターに見られていたことを知って、シンシアはまた赤くなる。やはり、俯せは有効だ！

「まあ……後ろからでもできるから構わないが」

からかうような微笑を含んだレスターの声に、衣擦れの音が重なる。その音で、レスターが服を手早く脱いでいるのがわかった。

「この体勢でどうやって……きゃ……っ」

驚いて肩越しに振り返ろうとしたシンシアの細腰に、レスターの片腕が絡んだ。かと思ったら、直後にはぐっと引き上げられている。

「……や……やあ……っ」

膝が一瞬絨毯から離れて、シンシアは不安定さに慌てる。身体を支えるために、シンシアは思わず両手と両膝をついた。

レスターの身体が後ろから膝の間に押し入ってくる。何、と思う間もなく、レスターの唇が首の後ろに押しつけられた。

濡れた舌が、背筋をゆっくりと舐め下ろしてくる。

「……あ、ああ……っ」

ゾクゾクと気持ちよさがやって来て、シンシアは喘ぐ。レスターはシンシアの反応に低く笑うと、舌をさらに下らせた。

腰の窪みに舌先を下らせ、舐めくすぐる。その間も臀部を揉み続けていて、シンシアは知らずに腰を揺らしていた。

「……本当に君は……何も知らないからこそ、こんなに淫らになれるのかもな」

「……え……?」

「腰が、揺れてる。入れて欲しくなったか？」

言われて初めて気づいた己の恥態に、シンシアははっとする。レスターはシンシアの双丘をそれぞれ指が沈むほどに強く摑むと、くぱ……っ、と押し広げた。

「だが俺は、君のここを味わうのが好きなんだ」

「……ひあ……っ？」

レスターの熱い息が、双丘に触れた。直後には、レスターが押し割った割れ目に顔を埋めている。

熱く濡れた舌が、秘裂を舐め回した。

「……あ……ああ……っ！」

後ろの蕾からぷっくり膨らんだ花芽まで、じっくりと舐め味わってくる。レスターの尖らせた舌が花芽をくにくにと転がし、軽く吸った。

「……あ……ふう、ん……っ！」

指が花弁の中に押し入ってきそうなほど強く割れ目を広げられて、シンシアは首を振った。

「……駄目……っ！　そんな、広げちゃ……っ」

愛蜜が、とろりと滴り落ちるのがわかる。レスターはその蜜をこぼさないように、蜜壺の入口にぴったりと唇を押しつけ、じゅるりと卑猥な水音を立てて吸った。

「……ああ……君の蜜は、甘酸っぱいな。さっき食べたチェリーパイの味に似ている」

「……や、やあ……っ！」

具体的にそんなことを言われたら、これからチェリーパイを食べるたびに情事のことを思い出してしまいそうだ。

シンシアの脚が、がくがくと震える。レスターの舌に追い上げられて、もうすぐ達してしまいそうだった。

なのにレスターは、シンシアの蜜壺の中に、ずぷりと指を押し入れてきた。

「……ああっ！」

突然の新たな快感に、シンシアの瞳が見開かれる。そこから淡い涙が散った。

レスターは花弁を舐め回しながら指をもう一本入れて、抽挿してくる。濡れて熱くなった肉壁を、レスターの骨ばった指が激しく擦り立ててきた。

「……あ、あふ……は、はげ、し……っ」

「シンシア」

レスターが、ふと唇を離して囁いた。指の動きも止まり、シンシアは何とか飛ばしそうになってしまった意識を取り留める。

ふうっ、とレスターが蜜壺に軽く息を吹きかけた。熱くなっている蜜壺には、たったそれだけの刺激でもシンシアには強烈だ。

「ひゃう……っ！」

子猫の鳴き声のような喘ぎを上げると、レスターが小さく笑った。からかうものではなく、シンシアのどんな些細な反応もいとおしいと感じている笑みだから、怒れない。

「ここは、指と口、どちらで弄られるのが好きだ？　気持ちいい方を教えてくれ」

またそんなことを聞かれてしまうのか。しかも今度は胸よりも羞恥が高いところなのに、答えられるわけがない。

だが、シンシアの身体は疼いてしまっている。とろとろと愛蜜を滲ませるそこは、レスターの舌と指で蕩け、もっとして欲しいと願っている。

疼きと同時に満たされたいと願う渇望感が、シンシアの唇を動かした。

「レ、レスターさまなら、どちらも好き、です……。だ、だってそれは全部、レスターさまのものだから……」

顔が見えない体勢だから、言えたのかもしれない。それでも頬は赤くなってしまい、シンシアは絨毯に顔を伏せる。

……レスターからの返事はない。

もしかしてとんでもなく恥ずかしい答えだったのだろうか。シンシアは反射的に身を縮めてしまう。

「……あ、あの、レスターさま……」

変なことを言ってごめんなさい、と続けようとしたとき、レスターの身体が動いた。

「……きゃ……っ」

シンシアの細腰をレスターは両手で摑むと、引き上げてくる。軽く膝が浮いて安定感がなくなり、シンシアは慌てた。

「君は、俺を煽るのがとても上手い」

「な、何を……ああっ！」

シンシアの蜜壺の中に、ずぷりとレスターの男根が押し入れられた。根本まで一息に貫かれて、身体が一瞬強張る。

レスターのかたちに蜜壺がぎちぎちに押し広げられて、下腹部が息苦しい。

「……あ、あぁ……」

シンシアはその感覚に慣れようと、忙しなく呼吸する。なのにレスターは膝立ちになって、腰を揺さぶってきた。

「……ああ！　あっ！」

レスターの引きしまった下腹部が、シンシアの臀部に激しく叩きつけられる。身体のぶつかり合う音と抽挿の水音が混ざって、室内に広がる。

「あ……ああっ、レスター、さま……っ」

ぐぐっと奥を抉《えぐ》られて、シンシアは身悶えた。張り出した男根の先端が、一番奥を突き破ってきそうなほどだ。

「駄目、強い……っ」

ガクガクと身体が揺れて、自力で支えられない。ぐったりと絨毯に倒れ伏してしまいそうになるのに、レスターの両手は力強くシンシアの腰を引き上げてくる。

「……それは……っ、仕方ない、な。君が俺を、そうさせている」

荒く乱れた呼吸の中で、レスターが答える。

低く響きのいい声は、少し掠れていた。……それが、今、シンシアを求めているがゆえだとわかるから、きゅん……っ、と蜜壺が締まる。

「……君も、俺に感じているか?」

低く笑われて恥ずかしい。だが身体は、シンシアの想いに忠実に応えている。

うねる蜜壺は、レスターの肉茎を逃がさないように締めつけた。太く固い雄は逆らうように引き抜かれ——すぐに、奥を目指して戻ってくる。

「あ、あん！　あー……!!」

シンシアははしたない喘ぎを、もう抑えられない。レスターが自分を欲しがってくれているることが言葉よりもよく伝わってくるから、身体は素直に反応してしまう。

レスターが、上体を倒してきた。汗ばんだ背中に被さってきたレスターの身体は、とても熱い。

レスターの腰の動きが、ますます速くなる。肩口にくちづけられ、耳を舐められる。荒く情欲にまみれた息が感じ取れて、それにもシンシアの身体は気持ちよさに震えた。

「……シンシア……っ」

呼びかけられると、中がこれまで以上にうねる。絶頂がやって来るのが否応なくわかって、シンシアは絨毯に押しつけていた手をきつく握りしめた。

「……あ、あああぁ……っ!!」

絶頂を迎えて、身体が強張る。同時にレスターの指が、痕が残るほどに腰を摑んで引き寄せた。

「……く……っ」

腹を突き破られてしまうのではないかと思うほどにレスターは下肢を突き出し、シンシアの奥を貫く。

痙攣《けいれん》する蜜壺の中に、レスターの熱い欲望が放たれた。自分を満たしていく熱に、シンシアは例えようもない悦《よろこ》びを覚える。

それはレスターも同じようで、最後の一滴までもシンシアに注ぎ込むように身を震わせた。

すべてを飲み込みきることはできず、繋がった場所から溢れて滴る。ぐったりと倒れ伏した首の後ろに、ちゅっ、と軽くくちづけたレスターを、シンシアは気だるげに振り返った。

レスターが、後ろから唇にくちづけてきた。

「……ん……」

想いを伝え合うくちづけは、それだけで気持ちいい。

「……くちづけが、こんなに気持ちいいことだとは……知らなかったな」

レスターがわずかに唇を離して言う。シンシアは照れくさそうに笑って、頷いた。

「……私も、初めて知りました……」

「いや、違う」

だがすぐに、レスターはひどく神妙な顔で否定してくる。違うのか!? とシンシアは衝撃を受けるが、レスターはまたすぐに蕩けるような甘い笑みを浮かべて言った。

「君とだから、気持ちがいい」

……その言葉の意味を改めて思い知らされるのは、そのあとすぐのことだった。

あとがき

こんにちは、舞姫美《まいひめみ》です。このたびは、本作品をお手に取って下さり、ありがとうございます！

そして一ヶ月遅れになりましたが、ハニー文庫創刊、おめでとうございます！　ハニーという言葉から連想する諸々の単語が、ＴＬ小説大好き人間として涎ものです（……一体何を想像しているのかは、あなたの心の中で……笑）。

大変楽しく書かせていただきました。……とはいえ、このお話の第一稿制作時は個人的に大変な時期に突入しておりまして……その大変さが解決した第二稿では、まるで別人が書いたもののようになりました。いやはや、やはり読んで下さるみなさまのことを考えつつ、自分自身も楽しまなければ駄目なのだと、改めて再確認いたしました（汗）。

天然タラシヒーローのレスターと、自覚まったくなしの純真ヒロインのシンシアの恋愛模様を、楽しんでいただければ何よりです。

そして今作品は、イラストを鳩屋《はとや》先生に描いて頂きました！　とても嬉しいです。表紙の二人のカッコよさと可愛さを見せていただけたときには、担当さんに鼻息も荒く感想を語りまくってしまいました（苦笑）。そして何よりも、エステルのお胸が素晴らしい（え、そこ!?）。……すみません、可愛い女の子のお胸は大事です！（ええー）

レスターも想像以上のカッコよさで、今から中の挿し絵を拝見するのがとても楽しみです！　……かっこいいけど、天然なんだよね、レスター……（それもいいのか）。

担当さんには作品だけに限らず、様々なお喋りをして頂き、打ち合わせはいつも充実のひとときでした。意外に趣味も似通っていたりして、このご縁に大変感謝しています。

本作品に関わって下さった方々、ありがとうございました。

そして何よりも、この作品をお手に取って下さった方々へ、最大の感謝を。読んで下さってありがとうございます。少しでも読後に幸せな気持ちになっていただければ幸せです。

またどこかでお会いできることを祈って。

本作品は書き下ろしです

舞姫美先生、鳩屋ユカリ先生へのお便り、
本作品に関するご意見、ご感想などは
〒101-8405
東京都千代田区三崎町2-18-11
二見書房　ハニー文庫
「蜜愛王子と純真令嬢」係まで。

Honey Novel

蜜《みつ》愛《あい》王《おう》子《じ》と純《じゅん》真《しん》令《れい》嬢《じょう》

【著者】舞《まい》 姫美《ひめみ》

【発行所】株式会社二見書房
東京都千代田区三崎町2-18-11
電話　03(3515)2311［営業］
　　　03(3515)2314［編集］
振替　00170-4-2639
【印刷】株式会社堀内印刷所
【製本】ナショナル製本協同組合

落丁・乱丁本はお取り替えいたします。
定価は、カバーに表示してあります。

ISBN978-4-576-14043-8

http://honey.futami.co.jp/